LA SEINE ÉTAIT ROUGE

© Éditions Thierry Magnier, 1999, 2003

ISBN 978-2-7427-8557-5

LEÏLA SEBBAR

LA SEINE ÉTAIT ROUGE

Paris, octobre 1961

roman

BABEL

*Aux victimes algériennes d'octobre 1961
à Paris.*

Au Comité Maurice-Audin.

*A Didier Daeninckx,
Jean-Luc Einaudi,
Elie Kagan,
Nacer Kettane,
Mehdi Lallaoui,
François Maspéro,
Georges Mattei,
Jacques Panijel,
Paulette Péju,
Anne Tristan.*

NANTERRE. AMEL.

Octobre 1996

Sa mère ne lui a rien dit ni la mère de sa mère.

Elles se voient souvent, la mère et la fille, elles
bavardent en français, en arabe, Amel ne comprend
pas tout. Elle les entend de sa chambre. Si elle demandait ce qu'elles se disent dans l'autre langue, "la
langue du pays" dit Lalla, sa grand-mère lui répon-
drait, comme chaque fois : "Des secrets, ma fille,
des secrets, ce que tu ne dois pas savoir, ce qui doit
être caché, ce que tu apprendras, un jour, quand il
faudra. Ce jour viendra, ne t'inquiète pas, ce jour
viendra et il ne sera pas bienheureux pour toi…" Et
elle, Amel, obstinée : "Pourquoi un jour de malheur ?
Pourquoi la vérité c'est le malheur ? Dis-moi Lalla,
dis-moi… quand je saurai ? Vous parlez en arabe
maman et toi, pour que je reste une petite fille qui
ne sait pas la langue du pays, la langue de sa mère
et de son père ? Si tu parles en grec, en grec ancien,
naturellement, je saurai tout… Tu me punis parce
que je ne connais pas la langue de ton pays ou si mal
que tu te moques de moi ?" "Jamais de la vie, ma
fille, jamais je ne te punirai parce que tu n'as pas

réussi à parler la langue des Ancêtres, tu as essayé, j'ai essayé avec toi, tu n'as pas dit non, mais tu n'as pas parlé l'arabe. Ta mère n'avait pas le temps, comme moi, dans la baraque du bidonville… Tu sais l'anglais, le latin, le grec… Tu es une savante, ma fille, je ne vais pas te punir parce que tu es une savante…" "Le bidonville, tu m'as seulement dit qu'il se trouvait à l'endroit du grand parc ou vers l'université, je ne sais plus, de l'autre côté de la cité. Dis-moi, le bidonville, Nanterre, maman, et la vie… c'était la guerre… En Algérie, ici aussi. Tu m'as dit que c'était des années difficiles et si je te pose des questions, tu ne réponds pas." "Plus tard, ma fille, plus tard, pour l'instant j'ai pas envie. Parlons d'aujourd'hui…" "Tu dis toujours ça, plus tard, plus tard et je sais rien. Tu parles avec maman, tu pourrais me dire tout, et tu ne dis rien, et maman ne dit rien. Tu répètes que je suis savante, tu te moques, je ne sais rien. Tu parles de secret. C'est quoi un secret ? C'est si affreux pour tout cacher ?" "Tout, non, mais ce qui fait mal, oui. Voilà, je voulais pas te dire que le malheur existe, et tu m'obliges…" "Mais je le sais, tu m'apprends rien. On le voit tous les jours à la télé, on le lit, je le lis dans les livres…" "Dans les livres, à la télé… C'est pas pareil ce que je te dirai un jour, au jour dit, et ta mère aussi." "Au jour dit ? Comment tu sauras ?" "Je sais, c'est tout…"

Amel entend sa mère et Lalla parler et rire. Lalla rit dans sa langue, un rire de gorge voluptueux, un peu gras, un rire qui roule, fort, pas comme le rire de sa mère, pudique, moins sonore. Elle aime les écouter et qu'elles rient en parlant. Lalla habite un pavillon avec le grand-père, près de l'université. "Les légumes du pays", son grand-père ne les nomme pas, elle sait de quoi il parle. Le jardin est petit, Amel a suivi le vieil homme et l'arrosoir d'un carré à l'autre, chaque dimanche. Elle sait tout sur les légumes de la chorba, la soupe qu'elle préfère, la soupe du Ramadan. Les vieux, elle les appelle "les vieux" tendrement, préparent le voyage à La Mecque. Lorsqu'elle a dit : "Si vieux vous allez si loin…", Lalla a répondu : "Mourir à La Mecque, c'est un honneur que fait Allah à ses fidèles"… Le grand-père a approuvé. Si elle part, elle ne les entendra plus parler de ce fameux pèlerinage et répéter les noms des villes et des pays à traverser. La carte est épinglée sur le mur de la salle à manger, au-dessus de la télévision. Elle n'entendra plus le rire de sa mère et de Lalla, et leurs mots secrets, étrangers.

Nanterre – Université – Le RER – Paris. Octobre 1996.

PARIS

Si elle n'avait pas rencontré Louis et Omer, Amel n'aurait rien su. "Au jour dit", répète Lalla. Elle peut mourir avant le jour dit. Mourir pendant le pèlerinage donnera le paradis à Lalla mais à elle, quelle vérité ?

FLORA ET MINA

Louis n'était pas chez lui. Elle aurait dû téléphoner. Elle n'aime pas téléphoner, les cabines publiques, en vitrine… les cabines ouvertes des toilettes qui puent, dans les cafés on entend tout et la chasse d'eau qui couvre la voix… Elle ne téléphone pas.

Flora a ouvert la porte. "Amel ! Qu'est-ce qui se passe ? Tu en fais une tête…" "Moi ? Je fais aucune tête. Pourquoi tu dis ça ?" "Je vois, c'est tout et je sais que j'ai raison. Tu sais depuis quand je te connais ? Tu oublies que je t'ai vue la première, le premier jour, avant ton père, je travaillais dans l'hôpital où tu es née et ta mère, elle avait à peine sept ans quand je suis allée voir Lalla… Mais tu sais tout ça par cœur, pourquoi je répète ? Alors si je dis que je te trouve bizarre, je ne me trompe pas, tu comprends ?" "Oui, mais tout va bien." "Tu as faim ?" "Oui."

Omer, assis sur le sofa, gratte, de la main gauche, le relief géométrique du tapis de Aït-Hichem, tissé pour Flora. Lorsqu'elle était en prison, Flora écoutait ses compagnes et l'une d'elles ne cessait de dire : "Si on avait un métier à tisser, comme nos mères et nos

13

grands-mères, on s'amuserait à vous apprendre, à vous les Françaises, et l'hiver on aurait chaud, ici… On fait une pétition pour un métier à tisser et de la laine ? Pourquoi pas ? La direction nous verra occupées, utilement, qui pensera qu'on peut comploter, organiser une grève de la faim ?" Elles ont obtenu de la laine de récupération, des aiguilles à tricoter pour faire des écharpes… Flora a gardé la sienne, verte et rouge, au point mousse. Elle ne savait pas tricoter… Elle a appris les lettres de l'alphabet arabe et des mots de kabyle. La compagne de Aït-Hichem, après la prison, a fait tisser un tapis pour Flora. Mina, son amie, aujourd'hui, a dit : "C'est peut-être le dernier du village. Tu sais, l'Algérie oublie son peuple, et ses femmes tisserandes… Bientôt elles ne sauront plus tisser. Certaines tissent pour la manufacture des Gobelins, à Lodève… Elles n'apprennent pas à leurs filles en Algérie, la laine manque, elle est trop chère, personne pour payer leur travail et quel travail… Bon, je ne vais pas me lamenter pour des tapis quand des femmes, des hommes, des enfants meurent, quand les fils égorgent les femmes, des mères, des sœurs, des cousines, quand l'armée et la police exécutent, torturent… Je m'arrête. Je ne veux plus dire et redire. C'est comme la folie. Avec d'autres, tu le sais, Flora, on a mené une lutte, une guerre inégale contre l'armée française, mais le combat nous paraissait juste, je crois qu'il était juste, il a été cruel, mais je pense encore aujourd'hui que nous avons eu raison. Le maquis, la prison… En Algérie, en France. C'est là que je t'ai rencontrée et aussi la

14

jeune Française de Tlemcen… A seize ans dans le maquis. On a parlé, le jour, la nuit, chacune dans sa langue et la langue commune, le français… Tu as fait l'institutrice et tu as été l'élève. Comme chacune de nous. On partageait les provisions des Françaises, on se lisait les lettres… Tu te rappelles ? Tu vas dire que j'ai la nostalgie de la prison… De ces jours, de ces semaines passés ensemble en cellule, oui. Une complicité, une amitié, des découvertes malgré les disputes… Les interrogatoires, les menaces… les vexations, les humiliations je ne les ai pas oubliés, mais jamais je n'ai retrouvé cette solidarité profonde, réelle, sincère. Aujourd'hui, malgré les risques de mort, le danger de l'exécution sommaire, je n'ai pas réussi à reconstituer ces réseaux de résistance et d'aide que j'ai connus. A peine menacée, j'ai dû partir… Et je suis là, chez toi… Je sais que je peux rester aussi longtemps que je veux, mais je ne suis pas en Algérie, je ne travaille pas, une avocate algérienne à Paris, c'est une chômeuse de plus, et une chômeuse clandestine… Omer que tu héberges aussi… Pour lui, c'est plus grave… Son père à Alger, menacé, et il ne veut pas quitter son poste à l'hôpital…"

Flora pousse Amel vers la cuisine. Elle s'arrête près du sofa. Le jeune homme plie son journal. Flora dit : "C'est Amel, la fille de Noria, la petite-fille de Lalla. C'est Omer, le fils de Mina, qui fait le café, l'ami de Louis, mon fils, tu le connais." Omer s'est levé, il serre la main d'Amel, un peu trop fort, il se rassied, reprend le journal. Il lui a dit bonjour sans la regarder. Elle, oui. Grand et maigre. Une chemise bleu myosotis aux manches retroussées, la peau brune, une moustache noire, drue comme celle de son grand-père sur une photo, debout contre la porte de l'usine. On voit écrit, au fronton : RENAULT c'est l'usine de "l'île" comme disait son grand-père chaque fois qu'il parlait de "la taule". Elle sait que sa mère est allée dans "l'île", elle avait sept ans, son père la tient par la main et ils marchent dans l'immense atelier où on monte les voitures à la chaîne. Il lui a tout expliqué, patiemment, elle dit qu'elle a tout compris. Il était fier de l'usine de "l'île", heureux de montrer à sa fille "le temple de l'industrie automobile française", comme disait le contremaître, jusqu'au jour où… le grand-père n'en a jamais dit davantage sur ce fameux jour. Omer a la même bouche charnue, elle n'a pas vu la couleur de ses yeux.

Mina l'a embrassée. "J'ai vu une photo de ta grand-mère, tu lui ressembles. Tu ne trouves pas, Flora ? Tu sais la photo où on voit Lalla à la manifestation avec sa fille, Noria… Tu l'as toujours ?" "Je crois que Louis m'a volé toutes les photos de ces années-là. La guerre d'Algérie, le 17 octobre 1961… Je ne les retrouve pas…" Flora dit à Amel : "Tu demanderas à Louis."

Sur le seuil, Amel se retourne. Omer lit le journal. Il a dit au revoir sans se déplacer, de loin. Flora serre Amel contre elle : "Fais attention à toi. Je te trouve bizarre. Tout va bien à Nanterre, tu es sûre ?" "Tout va bien et moi aussi." "J'appelle ta mère, ce soir." "Si tu veux. Salut."

LOUIS. RUE DE LA SANTÉ

Amel sonne plusieurs fois au 57, rue de La Santé. Louis habite le dernier étage d'un immeuble du XIVe arrondissement. De la terrasse il voit l'intérieur de la prison. Avec des jumelles, il pourrait suivre les détenus en promenade. Il n'a pas cherché à louer un deux pièces-terrasse face à la prison. Une petite annonce par hasard et ça a marché tout de suite. Les premiers mois, il n'a pas pensé à passer du temps sur la terrasse, il pleuvait. Aujourd'hui, il se dit qu'il fera un court-métrage sur La Santé vue de son immeuble. Sa mère lui a parlé des prisons de femmes, où elle a été incarcérée pendant la guerre d'Algérie. En province, à Paris. Elle disait qu'elle avait rencontré des femmes qu'elle n'aurait pas connues autrement et qu'elle ne regrettait pas ce temps même si… Elle n'achevait pas son récit. Jusqu'au jour où il lui a dit qu'il faisait un film sur les "porteurs de valise [1*]", et les "porteuses", avait-il ajouté. "Je sais que tu as aidé des Algériens et des Algériennes et papa aussi. Il n'était pas sur le terrain en Egypte, à ce moment-là.

* Les notes figurent en fin d'ouvrage, p. 103.

Les fouilles étaient interrompues, c'est ce qu'il m'a dit, à cause de la guerre ? Je ne sais pas ce qu'il a fait, ni toi, vous commencez à parler et vous vous arrêtez, et si je pose des questions, vous ne voulez pas répondre. Pourquoi ?" Sa mère avait souri : "Alors tu veux tout savoir, tout." "Je veux savoir la vérité sur cette guerre." "Quelle vérité ? Tu sais, la vérité… C'est difficile…" "Ta vérité, celle de papa, ce que vous avez pensé, vécu, souffert… votre vie quoi…" "Mais tu n'auras qu'un aspect, minuscule, trop partiel… Plus de trente-cinq ans… Tu imagines. On aura oublié, ce sera flou, approximatif, sans intérêt, je t'assure… Demande à ton père, tu verras." "Il a dit oui. Il veut bien parler, chercher des archives pour moi, des photos, des journaux, des tracts… Il veut bien que je le filme, alors tu vois. Et toi ?" Sa mère a hésité : "Tu as vraiment besoin de faire ce film ? C'est pas ton histoire…" "Justement je veux le faire, je le ferai parce que c'est pas mon histoire. 1954-1962. Le 17 octobre 1961, à Paris et vous dans cette guerre coloniale… Vous avez trahi la France, non ? Vous vous êtes battus avec les Algériens contre votre pays… C'est vrai ou non ? Je dis ça, je sais que vous n'avez pas été des traîtres, ne t'inquiète pas maman, mais quand même ça me préoccupe, je dois savoir, pas tout, mais comprendre un peu… Je ne sais plus ce que ça veut dire être révolutionnaire, aujourd'hui, à la fin des années quatre-vingt-dix, nos années, notre fin de siècle…" "Toutes ces histoires, Louis, je t'assure, elles n'intéresseront plus personne, seulement les vieux, les vieilles qui les auront vécues et encore, combien veulent les oublier, les oublient.

18

Vraiment, réfléchis, j'ai peur que tu perdes ton temps. On était jeunes, ton père et moi, étudiants, des idéalistes. Je ne suis pas sûre qu'on ait tellement réfléchi…" "Vous avez hébergé un déserteur, j'ai vu son livre à la maison : *Le Déserteur*. C'est qui ce déserteur ?" "Aujourd'hui, je peux le dire, il signait : Maurienne, il s'appelle : Jean-Louis Hurst… Tu peux le rencontrer pour ton film, si tu veux." "J'irai le voir. Vous vous êtes engagés, c'était dangereux, vous risquiez la mort, un règlement de comptes, un attentat, tu es allée en prison, papa a dû se cacher, et après vous étiez à la manifestation des Algériens le 17 octobre 1961… Tu peux pas dire que vous n'avez pas réfléchi. Tu dis oui, dis oui, maman. Tu verras ce sera le plus beau film sur cette histoire, dis oui." "Oui. Mais je n'ai pas beaucoup de temps, tu le sais. Les horaires de l'hôpital…" "Les lettres, tu crois que je pourrai les avoir, les lettres ?" "Lesquelles ? Les lettres des militants, c'est ton père qui les a." "Et les autres…" "Lesquelles encore ?" "Vos lettres…" "Ah ça non !… Nos lettres, celles de ton père et moi, de l'un à l'autre… Quand on sera morts…" "Je plaisantais." "Je sais."

Louis a fait le film. Il le présente bientôt à un festival.

Amel sonne encore une fois. Personne. Elle se dirige vers le boulevard Arago. Quelqu'un l'arrête : "Salut ! C'est Omer…" Amel le regarde, sourit à ses yeux noirs : "Moi, c'est Amel. Je t'ai vu chez Flora. Je sais que tu es Omer. Tu allais voir Louis ?" "Oui. Pour son film." "Quel film ? Il m'a rien dit… Tu le connais à peine, il te dit tout et moi… Il m'a vue naître, presque… enfin… Je le connais depuis toujours, et il me dit rien… alors ça…" "Il veut te faire une surprise. On le verra ensemble, peut-être." "Alors là, j'irai pas s'il m'invite pas, j'irai pas…"

"Amel ! Amel ! Omer ! Où vous allez ?"

Louis court vers eux : "Amel, j'ai appelé chez toi, ta mère s'inquiète, elle dit que tu…" Amel interrompt Louis : "C'est mon problème. Tu dis rien à ma mère, tu m'as pas vue, et Flora non plus…" "Qu'est-ce qui te prend ? Tu joues les fugueuses, les rebelles, c'est quoi ça… Je vais pas mentir à ta mère et obliger ma mère à mentir…" "Si tu dis un mot, je te revois plus. C'est comme ça. Si tu parles, c'est fini." Omer déplie son journal. Louis le prend par le bras : "On y va." Omer regarde les hauts murs bruns de La Santé. Il lit, au-dessus de la porte bleue :

"LIBERTÉ ÉGALITÉ FRATERNITÉ"

Il entraîne Louis et Amel à l'angle de la prison. Il lit à haute voix, sur la plaque de marbre blanc, fixée au coin de l'enceinte carcérale :

"EN CETTE PRISON
LE 11 NOVEMBRE 1940
FURENT INCARCÉRÉS
DES LYCÉENS ET DES ÉTUDIANTS
QUI A L'APPEL DU GÉNÉRAL DE GAULLE
SE DRESSÈRENT LES PREMIERS
CONTRE L'OCCUPANT"

Il se tourne vers Louis : "Tu sais ce que je vais faire ? Tout de suite, là, chez toi, puisque tu habites en face de l'entrée d'honneur ? Tu as des feuilles de papier blanc et un feutre ? Sinon on peut bomber sur le mur, c'est peut-être mieux, ça partira pas, incrusté dans la pierre… Tu as une bombe rouge ? Je le ferai cette nuit." "Qu'est-ce que tu veux faire ?" "Tu pourras le mettre dans ton film si tu t'intéresses à cette histoire…" "Tu vas pas commencer à me donner des leçons… chacun son histoire, son regard…" "Oui, mais la vérité historique ? Je veux pas discuter là-dessus maintenant. Je veux juste rappeler ce qui s'est passé dans ces murs. C'était une autre guerre… Même si vous parliez des «Evénements»…" "Qui ? «Vous» ?" Louis hurle. "Qu'est-ce que tu veux dire par là ? «Vous… vous…» Explique-toi…" Amel prend Louis par le bras : "Calme-toi, Louis. Omer voulait pas dire…" "Il l'a dit, il a dit «vous, vous les Français…» Tous les Français pour lui… Les parents, on les a traités de traîtres, et c'est tout ce qu'il a à dire… C'est sa vérité historique…"

Louis regarde Omer et Amel : "Salut !"

Omer dit à Amel : "Tu verras pas son film aujourd'hui…"

Louis filme le mur de la prison, à l'angle de la rue de La Santé et du boulevard Arago, la plaque commémorative fixée sur la pierre et à droite, les lettres rouges bombées :

"1954-1962
DANS CETTE PRISON
FURENT GUILLOTINÉS

DES RÉSISTANTS ALGÉRIENS
QUI SE DRESSÈRENT
CONTRE L'OCCUPANT FRANÇAIS"

La voiture de police qui passe ne remarque rien.

Amel et Omer regardent le film de Louis. Plusieurs fois.

NANTERRE. AMEL ET OMER

Ils marchent depuis deux heures à travers le campus de l'université de Nanterre. Jusqu'à la bibliothèque Pierre-et-Marie-Curie, l'autre maison d'Amel. Amel cherche l'emplacement du bidonville dit La Folie où sa mère a vécu. A elle, sa mère n'a rien dit et elle a parlé à Louis. Longtemps. A elle, jamais plus d'une minute et demie… Et là, sa mère parle, parle, parle, elle ne s'arrête plus, et elle regarde Louis qui la filme. Son visage surtout. Si elle allait pleurer… Amel a fermé les yeux, un instant. Ne pas pleurer. La voix de sa mère. Sa mère est belle. Lalla le dit chaque fois qu'elle brosse les longs cheveux de sa fille, en face du miroir de la vieille coiffeuse achetée aux Puces, à Clignancourt. Noria l'a gardée parce que sa mère y tient. Le premier meuble, en HLM, après la cité de transit. Amel sait que sa mère est belle parce qu'on le dit. Ses amies du lycée : "Elle est belle, ta mère !…" Et elle ? Comme si elle… Et son père, son regard sur sa femme quand il revient de l'usine. Un homme qui aime sa femme. C'est si rare ?

Amel et Omer marchent dans le grand parc. Amel porte une toque tibétaine, des lunettes noires, un long imperméable noir. Omer lui a dit : "Tu te déguises ?" "Oui. Je me déguise en inconnue. Si ça te gêne…" "Non, à Alger je me déguisais… J'ai pris l'habitude…" "Tu m'as pas dit pourquoi tu es là." "Une autre fois…" "Toi aussi, tu vas dire comme les autres, ma mère, mon père, Lalla et le grand-père «Au jour dit» ?" "Je te dirai, mais pas maintenant. Je te dirai."

Amel entend la voix de sa mère.

LA MÈRE

"J'étais petite. Sept ans peut-être. Je me rappelle. On habitait au numéro 7. Le chiffre 7 était écrit sur la porte en bois, avec de la peinture blanche. Le facteur, je sais pas comment il s'y retrouvait, pour le courrier. Des rues sans nom, des noms fantaisistes, souvent illisibles, des rues… Si on peut appeler ça des rues… Nous, c'était rue de la Fontaine, parce que le point d'eau n'était pas loin. On devait pas faire des centaines de mètres pour l'eau, comme d'autres qui la rapportaient dans des bidons de lait géants sur des chariots. Tu imagines l'hiver, le gel, la pluie, la boue… Pour nous, c'était pas si affreux… enfin, pour moi. La cité de transit, j'ai pas aimé. Mais notre baraque dans le bidonville, elle me déplaisait pas. Le bidonville il s'appelait : La Folie, je sais pas pourquoi, c'était le nom du quartier de Nanterre, un terrain vague, sûrement, avant les baraquements. C'est mon village natal. Je peux pas dire que je le regrette, non, je sais que ma mère a souffert, elle te le dira. Moi, non. Mes frères, je sais pas. On n'en parle pas.

J'étais la seule fille, la dernière, la «mal-gâtée» disait ma mère. J'ai quatre frères. Les deux premiers

25

sont nés en Algérie, les autres à Nanterre comme moi. Je crois que j'étais la préférée de mon père, c'est ce que me répétaient mes frères «pourrie gâtée». Mon père disait : «J'emmène la Petite», il m'appelait la Petite, jamais Noria. Ma mère faisait la lessive les après-midi sans école, je l'aidais pas encore, mon père me disait : «On y va, Petite.» Il me prenait par la main. «Tu as une main si petite…» Il la regardait dans sa paume ouverte. Ses mains sont grandes et larges, sa peau brune et craquelée, «comme la terre du pays quand il a fait chaud longtemps». C'est ce qu'il disait, chaque fois qu'il serrait ma main dans la sienne. «Il ne restait plus de champ pour moi, je savais travailler la terre pourtant. Ton grand-père m'a dit : 'Va, traverse la mer, on dit que là-bas tu peux travailler. Tu enverras l'argent pour ta maison ici, et tu te marieras au village, comme moi.' J'ai fait la guerre en Indochine, c'est loin, l'Indochine, et je suis revenu, je suis revenu vivant et fatigué. Ton grand-père m'a embrassé et il m'a donné ma cousine en mariage. 'Va, mon fils, là-bas c'est pas la guerre, c'est riche, va.' Je suis parti. J'ai quitté le village près de Marnia, on ira un jour, on ira, tu verras, le pays est beau.» Mon père a des mains de paysan-ouvrier, rugueuses et douces, je sais pas comment dire… On allait dans «l'île». C'est l'île Seguin, tu la connais. L'usine dans l'île. Aujourd'hui elle est fermée. On va tout casser pour faire quoi ? Je sais pas. Mon père veut pas en entendre parler. On marchait dans l'île, dans l'usine de mon père. Ses amis m'embrassaient, m'enlevaient dans leurs bras. «Ton papa, c'est le meilleur ouvrier, c'est un chef… Il est OS, mais c'est un chef…» Mon père riait, je crois qu'il m'aimait et moi aussi. J'ai su, plus tard, pourquoi c'était un chef. Un jour il m'a dit : «L'usine dans l'île, c'est fini.» Il n'a pas voulu me dire pourquoi. J'ai pleuré. J'ai supplié. J'ai boudé. Je ne l'ai plus embrassé, ni le soir ni le matin. Il n'a pas cédé… J'ai su qu'il était devenu chef, mais pas chef d'atelier comme mon mari aujourd'hui… Chef de réseau, mon père a organisé la manifestation du 17 octobre 1961, à l'usine et dans le bidonville. Je n'ai rien su. Ma mère oui. Moi je sentais que les grands, les parents ne parlaient pas comme avant, ils changeaient de conversation ou ils se taisaient quand j'arrivais dans la pièce, dans la chambre, jusqu'au jour où… Mais je n'ai pas tout compris ce jour-là…"

La mère d'Amel s'est interrompue. On voit des photos d'archives de La Folie à Nanterre.

OCTOBRE 1961
LE PATRON DU CAFÉ L'ATLAS

Intérieur jour

On allait à l'école pieds nus, dans la neige, l'hiver... Alors la boue du bidonville, ça me fait pas peur. Mon père est mort dans la boue des rizières, en Indochine, sa pension a disparu avec lui et sa compagnie. Travailler pour ma mère oui, pour la smala non. J'ai pas eu le certificat d'études, je sais compter. Je tiens ce café dans la merde, mais ça marche. Je me plains pas. Je quitterai La Folie, j'aurai un café en dur, à un carrefour de la ville, avec un étage et une serveuse, les tables, les chaises, le comptoir en formica orange, solide. J'enverrai de l'argent à ma mère, si elle est pas morte. Mes frères, mes sœurs, qu'ils se démerdent, comme moi.

Ils sont venus plusieurs fois "les calots bleus", les harkis[2] de Papon, on les appelle comme ça, je sais pas pourquoi. Je fais pas de politique. Les autres aussi, les FLN[3], ils m'appellent "Frère" pour moi, c'est pas des frères. Je dis rien. "Pas d'alcool, pas de tabac. Interdit de jouer aux cartes, interdit de jouer aux courses. Si tu désobéis, tu sais ce qui t'attend." L'un d'eux a passé son index sur sa gorge en levant la tête,

de gauche à droite. J'ai compris. Ils ont dit aussi :
"Ordre de la Direction, fermeture des commerces
le 17 octobre 1961." J'ai pas de rideau de fer. J'ai
fermé la porte en planches, à clé.

NANTERRE. AMEL ET OMER

Ils sont assis sur un banc du parc, à Nanterre. Omer
feuillette un journal algérien. Amel enlève ses lunettes noires, le regarde, il continue à lire. Amel frappe
le journal d'un revers de la main : "C'est la page des
massacres ? Tous les jours tu lis cette page-là ?...
Tu peux plus t'en passer... Lis à haute voix, que je
sache, comme si j'avais une carte sous les yeux :
Tlemcen, Aïn Defla, Médéa, Tiaret, Aflou, Blida,
Alger... Tizi-Ouzou..." "Tu es allée en Algérie ? Tu
connais ?" "Non. Mon père dit qu'on ira bientôt.
Dans ma chambre, j'ai une carte de l'Algérie. Je mets
une épingle rouge pour marquer les massacres..."
"Pour quoi faire ?" "Pour savoir." "Et qu'est-ce que
tu sais de plus avec tes épingles ?" "Je sais la géo-
graphie terroriste." "Et tu crois que tu comprends
mieux comme ça. Qui tue, pourquoi. Ça suffit de plan-
ter une aiguille sur des noms ?" "Et ça suffit de lire
la description des massacres quotidiens, comme tu
le fais ?" "Tu sais pas ce que je lis et tu parles, tu sais
pas ce que j'ai fait ou pas fait, pourquoi je suis dans
ce pays..." "Ce pays, c'est la France." "Je sais, je
sais... Toi, tu sais rien et tu parles..." "Tu dis rien.

30

Tu veux rien dire." "Pas maintenant. On cherche ton bidonville sans indice, sans repère, comme ça, à l'aveugle. Va à la mairie, regarde le cadastre, le plan de la ville dans les années soixante, aujourd'hui, relève ce qui peut te servir. Tu perds ton temps. Tu sais pas travailler. Tu seras jamais journaliste." "Mais je veux pas être journaliste, surtout pas." "Pourquoi ?" "Tous des frimeurs…" "Tu dis n'importe quoi. Tu sais ce que tu veux, toi ?" "Oui. Moi, c'est le théâtre. Je peux te réciter Sophocle en grec." "Je te crois pas, et je comprendrai rien, c'est pas la peine. Pourquoi tu viens pas ici avec ta mère, elle doit savoir, ou ta grand-mère ?" "Elles veulent pas. Chaque fois que je demande, elles disent : «Un jour tu sauras»…"

Amel entend sa mère.

LA MÈRE

"Ma mère était la couturière du quartier. Elle avait appris dans son village, il s'appelait Nemours, aujourd'hui le nom a changé, c'est Ghazaouet, un port près de la frontière marocaine. Ma mère ne s'est jamais baignée. Une fois, on est allés à la mer avec mon père, une plage normande, une plage du débarquement. J'ai pas aimé. Ma mère non plus. Elle a dit qu'elle voulait plus voir la mer. A Ghazaouet, elle allait dans un ouvroir, après l'école. Son père a dit : «Tu sais lire, écrire et coudre, ça suffit, maintenant tu restes à la maison.» Comment elle a connu mon père, comment ils se sont mariés ? Je ne sais pas. Ma mère est venue à Nanterre, mon père lui a acheté une Singer d'occasion et elle a fait de la couture à domicile. Pas seulement de la couture. Avec des femmes du bidonville, elle a caché des tracts dans les tissus, les robes pour les mariages… elles les ont distribués. Les musiciennes répandaient la nouvelle de mariage en mariage, d'une fête à l'autre. Je voyais faire ma mère et ses amies, elles disaient que c'était des recettes de cuisine, des lettres pour la famille là-bas… J'ai su plus tard que les tracts étaient signés

32

par le FLN. Ils appelaient à la manifestation du 17 octobre 1961. Une manifestation pacifique pour protester contre le couvre-feu imposé aux seuls Algériens, par le préfet de Paris, Papon… celui dont on parle et qui sera jugé pour avoir envoyé des Juifs dans les camps nazis, on en parle beaucoup, c'est le même.

Un matin, un jour d'octobre, on entend des cris sur la petite place, autour du point d'eau qu'on appelait la fontaine… Quand j'ai vu des fontaines à Paris… j'ai su que notre fontaine…" Sa mère s'interrompt et rit, elle répète "notre fontaine… je continue à l'appeler la fontaine". Son visage devient grave, comme ses yeux bruns, sa belle bouche se froisse. Louis n'a pas déplacé la caméra. Le plan reste fixe sur la mère qui poursuit :

"Un matin d'octobre, des cris de femmes, perçants, nous ont réveillés. Mon père n'a pas pu nous empêcher de sortir. Devant la porte du café que tenait le frère de mon père, un corps ensanglanté, le visage dans la boue, les bras étendus et près du corps, un message en lettres capitales du FLN. Ma tante à genoux, les cheveux défaits, hurlait, d'autres femmes avec elle, des cousines. Ma mère s'est précipitée, elle m'a oubliée. J'ai regardé, c'était mon oncle. Je l'ai reconnu à sa calotte rouge. Il ne l'enlevait jamais. Je suis restée là, debout, longtemps, dans les pleurs des femmes et les conciliabules des hommes. Du sang s'était répandu dans un creux boueux, brun et rouge, je l'ai regardé, fixement, pour ne pas voir le cadavre criblé de balles. Est-ce que mon père savait que son frère appartenait au MNA[4], un parti rival du FLN ? Il n'a pas répondu à mes questions. J'étais déjà à l'université, j'ai fait des études d'anglais à Nanterre, je voulais aller chez les Indiens en Amérique… Petite, je lisais les bandes dessinées de mes frères, les cowboys, les Indiens… Mais c'est pas pour ça. Je voulais vivre dans les réserves avec les Indiens. J'ai rencontré le père de mes enfants, il était de Marnia, comme mon père, un hasard… Il a travaillé dans «l'île», lui aussi, très jeune, ils ont milité ensemble… un hasard… J'étais étudiante et mon père refusait de me parler de ces histoires entre le FLN et le MNA, de son frère et de lui dans ces histoires, de son frère assassiné, son corps exposé à tous, pour l'exemple… D'autres, aujourd'hui assassinent, laissent pourrir les cadavres sur les places, au bord des routes, des frères, des pères, des amis… des ennemis…" Un silence. Un long silence que Louis n'a pas coupé.

La mère reprend :

"Ce jour d'octobre, j'ai remarqué, pour la première fois, des hommes en uniforme, pas des Français, pas la police française ni l'armée française. J'étais petite, j'avais neuf ans, mais je savais faire la différence. Ces hommes en uniforme, sous les ordres de Français, ressemblaient à mon père, aux hommes du bidonville, à des Algériens et ils étaient là, pas comme des frères. Mon père m'a dit : «Ces hommes-là sont des ennemis, ils nous surveillent, ils nous dénoncent à la police, ils nous tuent. Méfie-toi d'eux, ne leur parle jamais, si tu en vois un, éloigne-toi, c'est la peste, tu comprends, la peste. On les appelle les 'harkis de

Papon', 'les calots bleus', des collaborateurs… pires que la police française.» Je les ai revus dans les rues de Paris. J'ai eu peur."

La mère cesse de parler. On voit une rue, la nuit. Des images d'archives où des hommes en uniforme frappent d'autres hommes en civil, des Algériens.

Extérieur jour

J'étais au bled, j'aidais un oncle à vendre au marché. Il me donnait des légumes, des fruits pour la famille. Mon père, je l'ai à peine connu. Lui aussi, il avait traversé la mer, pour gagner son pain. Je suis né, il était en France. Il envoyait des mandats à son frère, pour ma mère. Les premières années, après, plus rien. On savait pas s'il était malade, à l'hôpital, mort, ou marié avec une Française… Aujourd'hui encore, je sais pas. Mon oncle donnait au FLN pour nous, ça allait. Les soldats français occupaient le village. Les officiers de la SAS[5] venaient nous parler jusque dans la cour des maisons. Ils nous disaient : "En France, vous aurez du travail, un salaire, pas comme ici… vous êtes jeunes, vous aurez un avenir…" Ils nous donnaient des exemples d'Algériens comme nous, jeunes, sans travail, là-bas ils avaient réussi. "En France, c'est pas la guerre, vous serez tranquilles." Ma mère a hésité, elle a parlé avec mon oncle et avec l'officier français. Elle m'a dit de tenter ma chance. Je suis parti.

Au fort de Noisy-le-Sec, près de Romainville, j'ai retrouvé des Algériens du bled, comme moi, ils avaient rien à perdre. On nous a promis un salaire de policier français, des primes. On allait pas dire non... Je savais lire et écrire. On nous a appris à manier les armes, à conduire un interrogatoire. L'officier de Noisy trouvait que j'apprenais vite et bien. C'est vrai, ça me plaisait. J'avais un uniforme de la police française et un calot bleu de l'armée. L'officier m'a regardé, le premier jour : "On te reconnaît pas, tu es plus le même, tu es fait pour l'uniforme, tu es superbe... Tu auras toutes les femmes, c'est sûr." C'est vrai, je savais plus que c'était moi. Depuis ce jour, tout a changé. J'ai travaillé à la perfection. On était content de moi. J'ai été promu. La médina de Paris, je la connais par cœur... Les réseaux FLN, j'ai aidé à en détruire, et plus d'un. J'habite dans un hôtel de la rue du Château-des-Rentiers, dans le XIIIe arrondissement, à Paris. J'ai des cousins, harkis comme moi, boulevard de la Gare et dans des hôtels de la Goutte-d'Or. On se retrouve dans les cafés chantants de Barbès. On a fait "chanter les caves"... comme disaient les Parisiens. Et pour le méchoui... on était les meilleurs. J'ai été mobilisé avec d'autres pour surveiller les bidonvilles de Nanterre et faire des descentes nocturnes chez les amis du FLN, on cassait tout dans les baraques. On a bloqué le pont de Neuilly, le 17 octobre 1961 et le 18, on a encerclé les bidonvilles de Nanterre, ils étaient faits comme des rats.

On a tiré sur des manifestants.

On a jeté des manifestants dans la Seine.

FLORA

Flora décroche le téléphone. C'est Lalla. Elle ne pleure pas, mais elle va pleurer, de rage, de chagrin. Amel, sa préférée, a disparu, sans un mot. Et elle, Lalla qui croyait que sa petite-fille lui confiait tout… enfin presque tout.

LOUIS

Louis écrit une lettre à Amel. Il ne l'a pas revue depuis le film. Flora non plus. Il ne téléphonera pas à Noria. Ils iraient en Egypte tous les deux. A dix ans, il a accompagné son père, il a travaillé avec les ouvriers égyptiens, il a appris des mots d'arabe. Ils ont vécu dans le désert, sous la tente et la nuit sous une moustiquaire. Il veut filmer les traces de l'expédition des savants de Bonaparte et l'Egypte moderne.

 Dans sa lettre, il offre un voyage en Orient à Amel.

LA DÉFENSE. AMEL ET OMER

Ils traversent l'esplanade de La Défense. Omer marche à grands pas. Qu'est-ce qu'il va raconter ? Correspondant d'un journal algérien à Paris... Il n'a pas envie de répéter les médias que les Algériens captent chez eux, il ne peut pas mener l'enquête qui l'intéresserait, dans les milieux islamistes et les services secrets français, l'affaire Kelkal... Il n'a pas ses papiers de réfugié politique. Sa mère lui dit chaque jour de s'occuper des démarches, il ne le fait pas. Il reviendra à Alger. Et Amel qui l'entraîne sur cette esplanade. Il sait ce qu'elle cherche, il n'a pas envie de l'aider. Il l'accompagne parce qu'il n'a rien à faire, comme les Hittistes, les jeunes Algériens qui "tiennent les murs" en Algérie. Il est devenu un "Hittiste [6]"à Paris. Amel le tire par le bras, l'oblige à s'arrêter. "Tu sais que de l'obélisque de la Concorde, on voit l'arche de La Défense ?" "Non. Et alors ?" "Alors... Si tu as vraiment regardé le film de Louis, tu sais qu'à La Défense, au rond-point de La Défense, au pont de Neuilly, à la Concorde, la police française et les harkis de Papon ont raflé, frappé, tué des Algériens, le 17 octobre 1961. Tu l'as vu, non ? Tu le savais déjà ? Ça t'intéresse pas, ou quoi ?"

Amel regarde Omer, surprise. Elle a enlevé ses lunettes noires, son imperméable noir. "Attention, on va te reconnaître... Si tu appartiens à un commando clandestin, méfie-toi. Et si je me retrouve dans un commissariat, à cause de toi... Je te laisse faire ton enquête sentimentale...", dit Omer en s'approchant d'Amel. "C'est une menace ?" "Oui, c'est une menace... les menaces, je sais ce que c'est. Une lettre en arabe signée d'un GIA[7] quelconque, un morceau de savon noir et un bout de tissu pour le linceul... J'en ai reçu plusieurs... Jusqu'au jour où, dans une voiture du journal, on m'a tiré dessus, on m'a raté, mais le chauffeur, un ami, a été blessé, mortellement. Alors les menaces, je connais..." "C'était qui ?" "J'ai jamais su. Je suis parti avant de savoir, à la troisième tentative d'assassinat..."

Ils s'asseyent au café de France. La statue de Marianne est visible, de loin. Amel tourne une boucle de ses cheveux, regarde Marianne, ne dit rien. "Tu boudes ? Les filles capricieuses..." "Non, non. Je parle pas, c'est tout." "C'est parce que les Algériens d'octobre 1961 ne me passionnent pas ? C'est ça ?" "Peut-être. Je comprends pas pourquoi tu veux pas savoir. Tu sais rien de cette journée et des suivantes, de ce moment de la guerre. Tu sais rien et tu veux pas savoir. C'est pas important, parce que aujourd'hui des Algériens tuent des Algériens ? On sait pas qui, ni pourquoi... parce que ta tragédie est plus excitante que celle de ma mère et de ma grand-mère ? C'est

41

ça ?" "L'histoire de la guerre de libération, l'histoire officielle algérienne, je la connais par cœur, et elle m'écœure, tu comprends ?" "Mais là, c'est pas l'histoire officielle, justement. Le film de Louis, les archives, les témoignages… Je savais rien, rien du tout…" "Si tu veux, un jour je te montrerai des photographies et des textes que j'ai publiés dans la presse algérienne, elles non plus on ne les avait pas entendues, ni là-bas ni ici, les Algériennes dans la guerre. Tu verras la jeune maquisarde de seize ans et sa mère, une institutrice de Tlemcen, tu les entendras sans l'image, sans le son. La mère de Louis, Flora, les connaît, je crois. Tu reconnaîtras ma mère… Tu vois, je ne m'intéresse pas seulement à ma propre tragédie, comme tu dis."

Amel se lève, se dirige vers la statue de Marianne. Une femme géante, debout, comme dressée face à l'ennemi, courageuse. Elle tient un drapeau, l'étendard de la victoire ? De la défaite ? Sur le côté, une longue épée dans son fourreau, dans la main droite, une épée nue. Elle s'appuie sur un canon. A ses pieds un jeune homme assis, avec un long fusil en travers des cuisses. Amel lit la plaque à Omer qui ne l'écoute pas. Elle lit vite, en sautant des mots, des noms…

"La statue
LA DÉFENSE DE PARIS
inaugurée… afin de rappeler
le courage des Parisiens
pendant le terrible siège de 1870-1871.
A été réinstallée à son emplacement initial…
Elle a été inaugurée le 21 septembre 1983…"

Omer l'interrompt : "Pourquoi tu me lis ça ?"
"D'abord parce que les Parisiens, le peuple de Paris a résisté à l'ennemi, tu as entendu parler de la Commune de Paris ? Ensuite, parce que la statue a été le point de rendez-vous des Algériens le 17 octobre 1961. Qui les a défendus quand les flics ont chargé au pont de Neuilly ? Tu les a entendus les récits, la panique, les corps piétinés, les blessés, les morts… Les familles en habits du dimanche, les voitures d'enfants renversées, des souliers perdus, des grands, des petits…" "Tu seras un excellent professeur d'histoire et tes élèves seront fascinés…", dit Omer. Il rit parce que Amel lui tourne le dos. "Tu boudes encore ? Ah non !… Je sais, je sais que tu seras comédienne comme Isabelle Adjani, pourquoi pas ? Elle n'a pas joué Sophocle en grec, mais si tu vas en Grèce… Quelqu'un écrira une pièce pour toi, c'est possible non ?" "Oui. Je sais qu'un jour, quelqu'un écrira une pièce pour moi, pas en grec ancien."

Ils s'approchent du manège.

Dans une lune rococo, rose et bleue, passent une mère et sa fille. La jeune femme porte le hijeb, le foulard islamique.

Amel entend la voix de sa mère.

LA MÈRE

"Ma mère savait. Moi je croyais qu'on allait se promener en famille. L'été, on avait si chaud dans les
baraques, que mon père, il achetait le mouton de
l'*Aïd*[8] dans la ferme d'un camarade de l'usine, en
Normandie… Aujourd'hui encore, le mouton de
l'*Aïd* est normand… mon père nous disait : «On va
à la ferme. Henri vient nous chercher. Préparez-vous.
Vous serez beaux et sages.» Deux fois par an, jusqu'à
la mort de l'ami de mon père, on partait à la ferme,
dans la camionnette, nous, les enfants, à l'arrière
sur des bancs en bois. On a aimé la Normandie, les
prés, les arbres. On avait pas d'arbre au bidonville.
Juste un, un seul qu'un paysan avait planté, un
Kabyle qui voulait son arbre à lui, dans la boue de
Nanterre. Quand on a détruit le bidonville, il était
là, il gardait son arbre. On l'a pas coupé. Il est resté.
Au 7 de la rue de la Fontaine, on pleurait, on voulait
pas être là, dans les planches et la tôle. Mon père
nous disait : «Si vous voulez, vous vivez là-bas, dans
une famille de la campagne, j'en connais plusieurs,
Henri aussi, elles élèvent des enfants de l'Assistance
publique. On peut demander pour vous.» On disait

non et moi je me cachais dans les plis à fleurs de ma mère.

Ce jour-là, c'était un mardi, je crois, j'ai vu ma mère fouiller dans les valises où elle rangeait le linge. Comme si on allait partir en voyage, les valises étaient toujours pleines. Deux pièces sans armoire ni placard, le vieux coffre de la famille je l'ai jamais vu, ma mère en parlait chaque fois qu'elle devait nous habiller en dimanche. La bassine était prête pour le bain des enfants. Entre des planches qui servaient de cour intérieure, ma mère nous a lavés, moi d'abord, la plus petite, et mes frères. On a mis nos plus beaux habits. Mon père m'a dit : «Tu es toujours la plus jolie, ma fille.» J'étais fière. Il me prendrait par la main et on marcherait dans la ville. Il a dit à ma mère : «Tu pars avec la Petite, moi je prends les garçons. Vous risquez rien. Tu le sais…» J'ai pas compris pourquoi on se séparait et pourquoi on aurait dû avoir peur. Il a ajouté : «C'est pacifique», il a répété plusieurs fois «pacifique». Je savais pas pourquoi il employait ce mot-là, et à trois reprises. Sur la carte du monde, j'avais lu sur le bleu : PACIFIQUE. J'ai pas posé de question. Mon père était grave, préoccupé. On allait pas en promenade, à la fin de la journée, c'était bizarre. Mes frères ne parlaient pas. Ils se tenaient par la main, près de mon père. Sa moustache était plus noire, plus épaisse, j'ai trouvé. Il avait mis une cravate, une belle chemise, une veste en velours. Je lui ai dit : «Pourquoi tu t'habilles pas toujours comme ça ?» Il m'a pas répondu. Il m'avait peut-être pas entendue.

On a pris le bus. Ma mère serrait ma main. Les voisines ne bavardaient pas comme d'habitude. On était ensemble. On se taisait. La Défense, l'Etoile. Le chauffeur s'est arrêté. C'est là que j'ai eu peur. Des policiers ont fait descendre les hommes, pas tous. Ceux qui avaient l'air d'Algériens. J'ai vu ces hommes debout, les mains en l'air, à côté du bus, les policiers avec des matraques. J'ai regardé ma mère. Elle m'a souri. Sa main était chaude. Je n'ai pas pleuré. J'avais jamais vu Paris, c'était Paris et je voyais rien. Seulement des hommes, comme mon père, les mains sur la tête. Les policiers français et d'autres policiers avec des calots bleus, arrêtaient les voyageurs qui sortaient du métro, ils les faisaient monter dans des cars. Certains donnaient des coups à ceux qui marchaient pas assez vite. La main de ma mère était chaude, un peu humide. Elle parlait pas. Les autres femmes non plus. Elles sont descendues, nous aussi, elles ont dit au chauffeur et aux policiers : «On rentre chez nous, avec les enfants.» C'était pas vrai. J'ai entendu ma mère dire à sa voisine : «République.» Pourquoi République ? A l'école, j'ai appris la République en histoire, mais là, c'était un mot de passe… C'est ce que j'ai pensé.

Plus tard ma mère a raconté à mon père et à son amie française, la femme médecin qui venait au bidonville, c'est devenu une amie, tu le sais, c'est Flora, ta mère, elle a raconté que ce soir-là, assise dans le bus, elle avait vu, de loin, les policiers faisaient pas attention à eux, un homme, un Français, grand et mince qui tenait un jeune Algérien par le bras, comme s'il le connaissait, il a marché un moment avec lui, un long moment, pour qu'il ne soit pas embarqué par les flics. Ma mère disait qu'elle était sûre que le Français avait voulu sauver le jeune Algérien. Elle a peut-être raison…»

Silence. On voit la statue de Marianne sur la place de la République et les magasins Tati.

A nouveau le visage de la mère d'Amel : "J'ai oublié de dire qu'il pleuvait ce soir-là."

OCTOBRE 1961
L'ALGÉRIEN SAUVÉ DES EAUX

Extérieur nuit
C'était le 17 octobre 1961. Il pleuvait.

J'ai pensé que j'allais mourir, je buvais l'eau de la Seine, j'étais lourd, lourd. J'ai fait la prière. Je l'avais oubliée, avec le travail on a plus le temps, on va au café, on boit un peu, les tournées, ça fait boire. J'ai pas trop bu, mais j'ai bu et c'est défendu chez nous, les musulmans. J'ai bu et la prière... Ce soir-là, la pluie, les coups, l'eau froide, elle sentait mauvais la Seine... La prière est revenue. J'ai prié, prié... et j'ai été sauvé. Sinon, je me noyais, comme d'autres. On a retrouvé des corps charriés par la Seine. Sûrement la Seine était rouge ce jour-là, de nuit on voyait pas. On a repêché des Algériens, ils avaient les mains liées dans le dos et les pieds attachés... Pour faire ça, il a fallu du temps. Je comprends pas. On les a enlevés, on les a ligotés et après des coups à la tête on les a jetés dans la Seine ? Ou avec trois balles ?

La Seine les a rejetés. Même la Seine, elle en voulait pas des Algériens. Combien ? On saura peut-être un jour. Et ceux qu'on a retrouvés, pendus dans les bois, près de Paris... Il paraît. Et ceux qui ont

48

été tués pendant la manifestation pacifique ? Je sais qu'elle était pacifique. Pas de couteaux, pas de bâtons, pas d'armes, c'était la consigne de la Fédération de France. Je le sais. Manifester en famille avec femmes et enfants, même les vieilles et elles criaient, elles chantaient l'hymne national… Elles frappaient dans leurs mains. Les hommes se sont pas défendus, ils ont pas riposté. Ils ont obéi aux consignes du FLN.

Et moi, je me suis retrouvé isolé, je sais pas comment, avec deux flics et un "calot bleu", ils avaient des matraques et des nerfs de bœuf. Je me suis évanoui sous les coups, c'est l'eau froide qui m'a réveillé. Je sais pas nager. Je viens de la montagne. Je suis venu ici tout petit, mais quand même, j'aime pas la mer, j'aime pas l'eau. Je priais tellement que j'ai pas vu des compatriotes s'approcher de la Seine, pour moi. Ils m'ont sauvé. Un Français m'a emmené au dispensaire. J'ai raconté. Je sais pas si le médecin m'a cru. Je voudrais qu'il témoigne, si un jour…

J'étais bien habillé, ce jour-là. Cravate et tout.

RÉPUBLIQUE. AMEL ET OMER

Amel sort du magasin avec un grand sac Tati. Omer qui l'attendait à une terrasse de café la regarde, en souriant. "Pourquoi tu te moques ? Tu voudrais bien en avoir chez toi…" "Chez moi ?" "Oui, à Alger, Oran, Constantine. Avec tout ce que les Algériens achètent chez Tati… C'est pas cher…" "Tu crois qu'on a besoin de ça, chez nous. C'est urgent d'avoir Tati ?" "Vous vivez, non ?" Amel lui montre les carreaux roses et blancs : "C'est le vichy BB… Tu connais ?" "J'étais pas né, elle est vieille, ta BB et stupide." "Moi non plus j'étais pas née. BB, je m'en fous. Ma mère portait des robes en vichy à carreaux rouges et blancs, ma grand-mère Lalla aussi. C'était du tissu bon marché et Lalla avait sa Singer, elle l'a toujours chez elle. J'ai vu des photos, Lalla et ma mère, presque la même robe, le même tissu… C'est marrant. J'aurais pas aimé être habillée comme ma mère… Tu sais que BB dit qu'on est des Barbares parce qu'on égorge les moutons pour la viande *hallal*[9] ? Les juifs aussi, elle dit rien contre eux. Elle parle que des musulmans. Et les moutons de l'*Aïd*… elle veut pas qu'on fête l'*Aïd*. Elle est pas la seule à dire ça et à penser que les musulmans, s'ils s'égorgent entre eux… C'est dans leurs gènes. Tu dis rien. Tu me laisses parler. Tu penses rien ?" "Si je te le dis tu seras choquée. Je veux pas te choquer. Tu connais l'histoire d'Abraham ? Abraham et Isaac, Abraham et Ismaël ?" "Non. Mais je vois pas ce qui pourrait me choquer." "Le sacrifice d'Abraham consenti par lui pour l'amour de son Dieu. Il aurait égorgé Isaac, Ismaël… Il l'a peut-être fait et on ne l'a pas su. Depuis, on égorge le mouton pour l'*Aïd*, et les garçons sont circoncis… C'est la légende sacrée qui le dit. Les légendes, on les raconte pour les croire, et on les croit. La vérité… Tu sais qu'Abraham a chassé sa servante Agar et son fils Ismaël, sur l'ordre de Sarah, la mère d'Isaac. Agar, seule dans le désert, en exil… c'était son hégire[10]…, a reçu la protection de Dieu, il a sauvé Agar et son fils de la mort ; dans le désert, la source qui a jailli, on l'appelle le Zem-Zem, son eau est sacrée, elle guérit toutes les maladies… Ma grand-mère qui a fait le pèlerinage à La Mecque m'a raconté, elle a rapporté de l'eau… Ma mère ne l'a jamais jetée…" Amel interrompt Omer, brutale : "Pourquoi tu me racontes ça ? C'est une leçon ?" "Si tu veux, c'est une leçon, oui, pour que tu comprennes la suite, ceux qui égorgent, chez nous. Ils ne mettent pas un mouton ou une biche à la place, ils pensent que leur geste est sacré parce qu'il reproduit, à la lettre, le geste ancien de soumission à Dieu, c'est une preuve de leur amour absolu de Dieu, ils vont jusqu'au bout de la purification, homme, femme, enfant… Comme le mouton du sacrifice, les corps doivent se vider de leur sang, l'âme est dans le sang, ils le croient, ils suppriment les âmes mauvaises, indignes de Dieu. Tu comprends pourquoi c'est un geste si ancien qu'il est devenu presque naturel, chaque fois qu'il accompagne un idéal purificateur. Tu ne le sais peut-être pas, mais les *moudjahidine*[11] n'égorgeaient pas seulement l'ennemi, les soldats français pendant la guerre, les frères algériens qu'ils appelaient des traîtres, ils les ont égorgés aussi, il y a eu des traîtres, c'est vrai, mais souvent, je l'ai appris plus tard, en lisant d'autres livres que les manuels scolaires officiels, en écoutant des témoins de ces années de guerre contre la France, des frères dans la Révolution ont été exécutés, par balles ou au couteau comme le font aujourd'hui les justiciers de Dieu contre leur propre peuple. Oui, je te le dis, le geste de l'égorgement est en nous. Tu comprends ?" "Non. On est pas tous des égorgeurs, je comprends pas. Les révolutionnaires, les musulmans sont pas tous des égorgeurs… Je comprends pas ce que tu veux dire." Amel serre les poings sous la table, elle ne va pas pleurer devant Omer. Omer ne répond pas tout de suite. Amel se calme. Il oblige Amel à poser ses mains sur le bois de la table ronde : "Tu as de jolies mains. Regarde si je les mets dans les miennes, comme elles sont petites." Amel retire ses mains, brusquement, se tourne vers la statue de Marianne, place de la République. Omer dit : "On doit vivre avec ça, tu comprends, avec ce geste de mort, ce geste au couteau, pas seulement vivre avec ça, réfléchir à ça, pour que ça change un jour. Tu comprends ?" "Non."

"Tu veux pas comprendre ?" "Non." "Tu dis toujours non ?…"

Ils se lèvent, vont au pied de la statue. Une femme géante en toge avec les lauriers de la victoire et les tables de la loi républicaine, les Droits de l'homme. A ses pieds, trois autres géantes assises, l'une tient un drapeau, l'autre porte un flambeau, la troisième, entre les inscriptions latines dans la pierre PAX, LABOR, présente dans les plis de sa robe les fruits de la terre féconde, à sa droite des gerbes de blé, un bouquet de fleurs des champs, marguerites, bleuets, coquelicots, à sa gauche deux enfants nus s'amusent. "Encore une Marianne ! Tu aimes les femmes en pierre habillées en guerrières de la paix… C'est bizarre…", dit Omer. "On la voit, dans le film de Louis. Tu te rappelles pas ?…" Omer l'interrompt : "C'est ta vérité, maintenant, le film de Louis ?" "C'est la première fois que j'entends, que je vois quelque chose de ce 17 octobre 1961. Le film de Louis, c'est «ce jour dit» dont parlait ma grand-mère. Voilà. Donc si tu n'as pas oublié, on voit des photographies, pas beaucoup, on entend des témoins qui racontent la manif de la République vers les Grands Boulevards. Des femmes, des hommes, des enfants… J'aurais voulu voir Lalla et ma mère… tout le monde crie dans le cortège : «Algérie algérienne», «Levez le couvre-feu», «Le FLN au pouvoir», les femmes battent des mains, poussent des youyous. Il pleut. Les manifestants se dirigent vers où ? Les CRS en refoulent certains, pas tous. Après, c'est la confusion, on comprend pas très bien… Tu as vu le film de Louis, comme moi. Ma mère a parlé de la République, elle devait y être, avec Lalla. Je lui demanderai. Elle pourra plus me dire : «Un autre jour.» Elle a parlé à Louis et à moi, elle a rien dit…"

Avant de quitter la République, ils s'arrêtent devant un manège, identique à celui de La Défense. "C'est un âne de chez nous", dit Omer en montrant l'âne bleu du manège, stoppé en face d'eux. "Ils sont bleus ?" "Oui, les ânes de chez nous sont bleus."

Ils marchent longtemps. Jusqu'aux Grands Boulevards.

OCTOBRE 1961
LA PATRONNE DU CAFÉ
LA GOUTTE D'OR. BARBÈS

Intérieur jour

C'était un brave homme. Je lui disais toujours :
"Ali", je crois qu'il s'appelait Ali, comme beaucoup
de clients chez moi, je finissais par les confondre,
toutes ces années dans le même bistrot, d'abord
cliente, maintenant patronne... J'ai travaillé dur pour
arriver à ça. Personne pour me commander... même
eux, ils me commandent pas. Ils me font pas peur,
les "calots bleus" non plus. Ils se méfient de moi, je
sais, mais ils paient bien pour les soirées et les dan-
seuses algériennes. Ils viennent chez moi pour elles.
Ce qu'ils font avec elles, après la fermeture à la fin
de la nuit... je veux pas le savoir. Je fais ce que je
veux, c'est pas les ordres du FLN qui me font peur.
Ici c'est moi qui décide. Ils le savent. Ils savent qui
je suis, ils me respectent. La police française, je la
connais, depuis longtemps, ils étaient pas nés, les
révolutionnaires. Je suis née dans ce quartier... ça
fait quarante-cinq ans. Ils vont pas m'apprendre. Ma
mère, ma pauvre mère m'a élevée comme elle a pu,
à moitié, elle est morte jeune, c'est une copine de
trottoir qui s'est occupée de moi, elle a eu pitié. Elle

m'a appris le métier, elle m'a tout appris et aujourd'hui je suis à mon compte. Mon père, je l'ai pas connu, d'après la seule photo que ma mère a laissée, dans un grand sac où elle mettait tout ce qu'elle avait, d'hôtel en hôtel, c'était un tirailleur algérien. L'Algérie, je connais pas. J'irai jamais. Ma vie c'est ici. Là-bas, ils aiment pas les femmes et les femmes comme moi… Les femmes du métier, je les connais toutes dans le quartier, elles viennent chez moi, se reposer, j'offre à boire, elles paient aussi, c'est pas des parasites, pas d'ardoise dans mon bistrot. C'est moi qui collecte les cotisations, il manque pas un centime, ils peuvent avoir confiance les "Frères". C'est moi qui menace celles qui veulent pas donner ; il a fallu une raclée quand même, c'est un "Frère" qui l'a donnée à "la rebelle", il l'appelait comme ça, elle a plus été rebelle. Si je veux fermer ce soir, je ferme, si je veux pas, je ferme pas. Je fermerai, j'aurai personne de toute façon. J'irai peut-être à la République, s'il pleut pas… Donc, j'ai perdu le fil… Je parlais du client marchand de tapis, Ali. Je lui disais : "Ali, pourquoi tu portes toujours une blouse grise, tu veux faire croire que tu es instituteur ?" Il riait. "Je sais pas lire, je sais pas écrire… Je vends des tapis, je veux pas me salir." "Ils sont sales ? Tu dis qu'ils sont neufs, alors ? Et ta chéchia[12], pourquoi cette chéchia ? Tu es le seul Arabe du quartier avec ça sur la tête." "Je suis bien comme ça." "On voit tout de suite que tu es un Arabe. En ce moment, c'est dangereux…" Les clients au comptoir blaguaient avec Ali : "C'est un tapis volant ou un tapis volé ?" "Achetez mon tapis, vous irez au

56

paradis avec les houris[13]…" Je sais pas qui achetait ses tapis, j'ai jamais su. Il payait ses consommations, je lui ai rien demandé, il racontait pas sa vie.

Moi je suis pas un café arabe. Je suis un café chantant. Le couvre-feu de 20 h 30 à 5 h 30 du matin, c'était pas pour moi, la police m'a jamais menacée, même si j'avais des clients arabes et des putes arabes, la police le savait bien sûr, j'ai pas eu d'ennuis. C'est Ali, le pauvre. Il passait, tranquille. Il se méfiait pas assez des flics. Trois flics l'ont arrêté ce jour-là, c'était le 17 octobre 1961, ils l'ont frappé, il tenait son ventre, ils l'ont embarqué, je l'ai plus revu. Si ça se trouve, comme d'autres, à ce que j'ai entendu, ils l'ont jeté dans la Seine.

FLORA

Le téléphone sonne. Flora décroche. Personne. Plusieurs fois dans la journée le téléphone a sonné. A l'autre bout, le silence.

LOUIS

Il a souvent écouté avec une ferveur discrète, les amis égyptiens de son père. Il n'a pas tout compris, mais lorsqu'ils parlaient de l'expédition des savants de Bonaparte, il sentait de la colère dans leurs voix, ils faisaient des gestes désordonnés, ils se levaient, se disputaient entre eux. Il entendait : "expédition coloniale", "savants manipulés", "Bonaparte, conquérant sanguinaire", "despote oriental", "Bonaparte, héritier des Lumières", "chef d'Etat exceptionnel", "Alexandre moderne"… Son père prenait le parti des savants, Berthollet, Geoffroy Saint-Hilaire, Monge… Louis entendait le nom des rues du quartier qu'ils habitaient, à cheval sur le XIIIe et le Ve arrondissement. Son père parlait souvent de Vivant Denon qu'il admirait. Sûrement un savant…

Lorsqu'il a décidé qu'il irait en Egypte pour un film avec Amel, Louis a passé des journées entières à la bibliothèque de la Société d'égyptologie du Collège de France. Sans l'Egypte, il n'aurait jamais eu l'idée de marcher jusqu'en bas de la rue Saint-Jacques pour aller au Collège de France lire la *Description de l'Egypte* par les savants de l'expédition en 1798. Des jours et des jours, des nuits s'il avait pu, Louis vit dans la bibliothèque, en Egypte, avec les savants, les artistes, les Egyptiens et Bonaparte… Il ne pense plus que les bibliothèques c'est pour les vieux…

FLORA

Flora décroche le téléphone. C'est Noria. Sa voix tremble : "Flora, je sais que tu me diras rien, même si tu l'as vue, même si elle t'a parlé, je sais. Je te demande rien, mais dis-moi si tu l'as vue… Si tu sais où elle est. Dis-moi qu'elle est vivante, Flora, dis-moi."
"Amel est vivante."

LOUIS

Amel n'a pas répondu à sa lettre.

Louis continue à lire les grands livres, à rêver sur les planches dessinées, certaines colorées, d'autres non ; des bêtes, des monuments, des portraits et des paysages de l'Egypte moderne, les turbans des notables sont des œuvres d'art, des croquis d'ateliers, de machines, de momies… L'Egypte de Bonaparte n'est pas l'Egypte de son père. Pourquoi il choisit de revenir dans ce pays avec Bonaparte et ses savants ? Il ne sait pas. Avant son départ avec Amel, il ira voir les photographies de l'Egypte au XIXe siècle, exposées à l'Institut du monde arabe, pas loin du Jardin des Plantes. Il aime se promener dans les serres exotiques et prendre un thé à la mosquée dans la petite cour en désordre, un peu sale.

Il lit l'adresse de Bonaparte à ses soldats, qui ignorent encore le but de l'expédition : "Soldats : vous allez entreprendre une conquête dont les effets sur la civilisation et le commerce du monde sont incalculables… la première que vous allez rencontrer a été fondée par Alexandre." Son père a des amis nés à Alexandrie, des Juifs égyptiens amoureux de leur ville, de leur pays, de la langue arabe, il ira les voir, il parlera avec eux, avant son voyage. Il apprend l'arabe.

Louis n'a pas revu Amel. Flora non plus.

LA CONCORDE.
AMEL ET OMER

Ils sortent du métro, on lit dans la pierre de la station : métropolitain, sur le trottoir de l'hôtel de Crillon, ils lisent les lettres d'or sur fond noir. Deux chasseurs, habit noir et blanc, casquette noire et or, accueillent un client étranger. C'est un palace. Place de la Concorde. "C'est la Concorde, dit Amel et là l'obélisque et en face La Défense…" "Je suis pas un touriste et l'obélisque, je m'en fous. Vous avez pillé l'Egypte, Bonaparte le premier et vous êtes fiers…" "Ça suffit de faire comme si c'était moi la responsable… D'ailleurs, si c'est Bonaparte, il a eu raison, c'est beau, la place est belle, tout est beau… et cet hôtel…" "Tu veux y aller ?" "On peut ?" "Oui. On y va."

Amel entend sa mère.

LA MÈRE

"Je t'ai pas dit que ma mère m'avait coiffée avec soin.
Pour tenir mes boucles, cette fois-là elle n'a pas uti-
lisé des barrettes. Les rubans étaient repassés, comme
le linge qu'elle avait sorti, tout froissé, des valises.
Je t'ai parlé des valises. Flora les a vues, elle sait.
Elle mettait des bottes pour venir au bidonville. Des
rubans, verts et blancs, que je connaissais pas, à
rayures. J'avais deux nœuds trop grands, j'ai trouvé,
quand je les ai vus dans la vitre du bus. J'ai dit à ma
mère que je voulais les enlever. «Jamais de la vie,
les femmes et les enfants, les filles doivent porter
du vert et du blanc, les couleurs nationales.» J'ai
pas demandé d'explications, ma mère avait l'air si
sérieux… J'ai perdu un ruban dans une bousculade.
On a rencontré Flora par hasard, elle nous a dit que
la Concorde c'était dangereux. La police matraquait
des Algériens. Les flics avaient des mitraillettes. Son
ami photographe lui a montré des photos de la station
Concorde, quelques semaines plus tard, je les ai vues.
Sur le quai du métro, des hommes, des Algériens,
sont parqués, les mains sur la tête, c'est une rafle, on
va les conduire dans des centres de détention, comme

mon père au palais des Sports. Jusque devant un hôtel fameux, je l'ai jamais vu, Flora m'a dit son nom, ça ressemble à «Grillon», demande-lui, les flics ont raflé des Algériens. On a marché, marché… Je voulais pas dire que j'avais mal aux pieds. On nous avait conseillé de pas prendre le métro. La police quadrillait les Grands Boulevards, les places, les sorties de métro.

Ma mère s'est dirigée vers un groupe de femmes, à genoux sur un trottoir. Flora lui a dit : «Pense à Noria, elle est petite encore, neuf ans… Tu devrais pas, Lalla, écoute-moi. Laisse-la avec moi, on t'attend au pied de l'arbre, à côté. Crois-moi. Je suis sûre que c'est grave, ces femmes à genoux.» Ma mère n'a pas écouté Flora. Elle me tenait par la main, fermement, j'étais fatiguée, on était loin de la maison, même pas un banc pour s'asseoir, ni une chaise dans un café, ils étaient fermés, presque tous, à cause de la manifestation. Ma mère s'est approchée du groupe des femmes. Elles pleuraient en silence, autour d'un corps allongé sur le trottoir, un jeune homme tué par balles. Elle s'est agenouillée, moi à côté d'elle, Flora est restée à l'écart. Les femmes priaient et pleuraient. J'ai entendu ma mère murmurer des versets du Coran, pour la première fois… Chaque jour, elle faisait sa prière, seule, dans la pièce de la couture. Pour m'apprendre, elle a attendu que je demande. C'est ce qu'elle m'a dit quand je lui ai dit : «Et moi, la prière, je la sais pas», j'avais onze ans. J'ai prié avec elle, à partir de ce moment-là. Sur le trottoir, ma mère est restée longtemps avec les femmes. Avant de partir, elle a donné des papiers à l'une d'elles. J'ai su que c'était des tracts pour la journée des femmes du 20 octobre, j'ai su parce qu'elle me les a montrés chez Flora, dans la chambre où j'ai dormi cette nuit-là. Ma mère a attendu jusqu'au matin des nouvelles de mon père. Elle a pris le premier métro pour Nanterre. Je suis restée chez Flora."

On voit les photos de la station Concorde. Sur le quai, CONCORDE, en lettres capitales géantes, blanches sur fond bleu, dans un cadre de céramique décorée. Des policiers en képi poussent des Algériens contre les carreaux blancs. Ils ont les mains sur la tête.

Sur le plan suivant on lit : CONCORDE, lettres blanches sur fond bleu, sans cadre. Tout autour, des lettres bleues sur des carreaux blancs forment des mots. On a du mal à les lire. La caméra s'arrête sur L'OUBLI, une lettre par petit carreau, POUVOIR, dans le désordre DROIT, DÉFENDRE. "La Concorde rénovée, humaniste, fin de siècle…", dit la voix de Louis.

Omer et Amel entrent dans l'hôtel de Crillon. Les deux chasseurs les suivent. Omer dit qu'il a réservé une chambre. Les chasseurs les accompagnent jusqu'à la réception. Omer tend la main : "Chambre 7."

Sur le chapiteau de l'hôtel, on peut voir, en levant la tête, une statue de femme, allongée en odalisque, entourée d'enfants nus, des Cupidon. De chaque côté du chapiteau, une cuirasse en pierre, vide.

Un employé de l'hôtel sort du métro Concorde. Il reste un long moment debout devant la façade de l'hôtel. Il lit les lettres rouge fluo :

"ICI DES ALGÉRIENS ONT ÉTÉ MATRAQUÉS SAUVAGEMENT PAR LA POLICE DU PRÉFET PAPON LE 17 OCTOBRE 1961."

OCTOBRE 1961
L'AMANT FRANÇAIS

Intérieur jour

Je l'ai trouvé le matin du 17 octobre 1961, dans la cuisine, près de la cafetière bleue, en évidence. Un tract politique qui appelle à la manifestation des Algériens, ce 17 octobre 1961. Elle ne m'a jamais parlé de son engagement politique, ni de ses activités à Paris. Je croyais qu'elle travaillait dans une agence de voyages. Elle me l'a dit, je l'ai crue. On ne m'a pas envoyé à la guerre, parce que j'ai été tuberculeux.

Je l'ai rencontrée en Algérie, dans une cité romaine, au bord de la mer. Elle s'intéressait à l'archéologie, moi aussi. L'équipe avait loué une maison mauresque au bord des ruines. Elle était la première Algérienne que je connaissais à travailler sur des sites romains avec des hommes, la plus jeune aussi. On était tous amoureux d'elle. J'avais une voiture, une Dauphine bleu ciel, je l'ai emmenée jusqu'à la frontière marocaine, dans un village banal, un petit port fondé par le patron du sucre, Port-Say. Je l'ai aimée… Un coup de foudre… J'y croyais pas. Elle, je ne sais pas. Il y a eu la guerre. Il a fallu abandonner Tipasa, Cherchel et tous les vestiges romains algériens. Je

suis revenu à Paris, avant la Syrie où on m'envoyait
en mission. J'étais assis à la terrasse d'un café, place
de la Sorbonne, à Paris, le tabac de la Sorbonne ou
l'Escholier ? Je n'ai pas fait attention. J'attendais l'heure
de la séance au Champo, le cinéma rue de Champollion,
je voulais voir *A bout de souffle*. Je lisais *Le Monde*.
Je commençais toujours par la page Algérie. C'était
la guerre, mais à Paris, ce jour-là, l'été, on pouvait
être heureux. Quelqu'un m'appelle, je lève la tête,
c'était elle.

Je n'ai pas su qu'elle venait à Paris pour travailler
dans la clandestinité… Elle a peut-être posé des
bombes ou elle sortait de prison. Elle ne m'a rien dit.
Je n'ai pas posé de questions. Elle m'aurait quitté…
Et ce matin du 17 octobre, elle part sans un mot. Je
l'aurais accompagnée, j'aurais manifesté avec les
Algériens. Je la croyais seule, sans famille, sans amis,
elle disait qu'elle oubliait l'Algérie… Elle m'a menti.
Elle ne reviendra pas. Si on apprend sa liaison avec
un Français, si je ne suis pas intéressant pour eux, on
lui demandera, ce sera un ordre, de ne plus me voir.
Je l'ai cherchée, partout où elle pouvait être, dans tous
les lieux de rassemblement. J'ai marché dans Paris
depuis le pont de Neuilly jusqu'à la République, dans
tous les sens. J'ai assisté à des scènes de violence
contre les Algériens. Je témoignerai. Il pleuvait,
c'était la nuit. Je voulais qu'elle soit dans la cuisine,
assise devant un grand bol à damier bleu et blanc,
son bol de café, le matin. Elle n'était pas là. Ni les
jours suivants. Je suis allé dans les cafés arabes où
je savais que des militants du FLN travaillaient. J'ai

montré une photo d'elle. C'était imprudent, je sais. Personne ne la connaissait. Pourquoi ils m'auraient dit la vérité ? S'ils la protégeaient, ils ne devaient rien dire et si elle n'appartenait pas au réseau, ils ne pouvaient rien dire. Je crois que je l'ai mise en danger, je n'ai pas réfléchi. J'ai attendu. Personne n'a parlé de femme noyée dans la Seine, disparue… Pas à ce moment-là, il y en a eu, peut-être, je ne sais pas.

Je suis allé à la manifestation des femmes algériennes, le 20 octobre. Je l'aurais reconnue. Elle n'était pas là. J'ai pensé qu'elle avait laissé ce tract pour me tromper, qu'elle était retournée en Algérie, que je ne la reverrais plus, si elle s'engageait dans un groupe terroriste, si elle montait au maquis… Des femmes l'ont fait. Et puis, un soir, juste avant mon départ en Syrie, elle était là, chez moi. Je n'ai pas posé de questions. Je n'ai pas dit que je l'avais cherchée. Je n'ai rien dit.

Le lendemain, je partais en Syrie, avec elle.

LOUIS

Louis téléphone à sa mère : "Amel, elle a appelé ?
Tu l'as revue ? Tu sais où elle est ? Et sa famille…
Elle a une famille, quand même et on la connaît. Tu
as parlé avec Noria ou Lalla et son père, il devrait
faire quelque chose, non ?" Flora s'impatiente : "Tu
me dis ce que je dois faire ? Amel a disparu. Pas de
nouvelles. Noria et Lalla ne téléphonent plus, ni moi.
Voilà ce que je peux dire, rien d'autre." Un silence,
puis Louis demande : "Et Omer ?" "Quoi ? Omer.
Il est grand, il fait ce qu'il veut. Mina n'est pas inquiète. Qu'est-ce que tu veux savoir ?" "Il habite pas
chez vous avec sa mère ?" "Oui, mais je ne le sur-
veille pas et sa mère non plus… Il a vingt-sept ans.
Il sait ce qu'il fait, même s'il est sans papiers… Il
fait des démarches…" "La nuit aussi ? Il va à la
préfecture pour ses papiers ?" "Mais, Louis, qui te
demande de surveiller Omer ?" "C'est pour le protéger… Et puis je voulais lui parler, voilà… Tu crois
qu'il est avec Amel ? Peut-être qu'ils se baladent
dans Paris, comme ça, tranquilles et nous on s'inquiète." "Louis, tu parles comme si…" Louis a rac-
croché.

Dans la bibliothèque du Collège de France, Louis écrit à Amel. Une deuxième lettre. Il ne lui dit pas qu'il l'aime. Il lui parle de l'Egypte de 1798, de cet Orient que l'Europe rêve de conquérir, on le découvre pour le civiliser, l'instruire, l'occuper. Le cruel mythe colonial. A la fin de sa lettre il se dit qu'Amel ne la lira pas jusqu'au bout. Il a écrit une leçon d'histoire, pas la lettre qu'il veut lui écrire. Une lettre d'amour... Il ne sait pas. Il déchire les deux pages en morceaux minuscules qu'il garde au fond de sa poche de poitrine. Il reprend la description de l'Egypte, il relève des phrases qui l'amusent. Geoffroy Saint-Hilaire écrit à son ami Cuvier, en novembre 1799 : "Les pauvres savants du Caire ont donc été emmenés en Egypte pour qu'on lise, dans l'histoire de Bonaparte, une ligne d'éloge de plus..." Il voudrait raconter l'histoire de la girafe à Amel. Une jeune girafe du Soudan, traitée comme une personne. En 1826, Méhémet Ali, qui gouverne l'Egypte, offre au roi de France, Charles X, cette fameuse girafe. Geoffroy Saint-Hilaire va la chercher à Marseille où elle a passé l'hiver. On la présente à la famille royale, avant de l'installer dans la ménagerie du Muséum. Elle a un succès populaire considérable... Est-ce que la girafe touchera Amel comme elle le touche ? Il en doute. Il ne la racontera pas dans sa lettre.

Il ne lit plus. Il ne prend plus de notes. Dans le silence de la bibliothèque, et l'ombre de la fin du jour, il n'a pas allumé la lampe de travail. Louis écrit à Amel : "Amel, je t'aime. On part en Egypte, demain si tu veux. Louis."

BONNE-NOUVELLE.
AMEL ET OMER

Ils sortent à la station Bonne-Nouvelle, traversent le boulevard, entrent dans la brasserie qui fait le coin.

Ils prennent un café au comptoir du Gymnase, un serré pour Omer, une noisette pour Amel. Omer feuillette *Le Parisien*, le journal des comptoirs, à Paris. Il cherche l'Algérie. Tout va bien. Aucune nouvelle. Aujourd'hui pas de terroristes abattus par les Ninjas[14] dans les maquis algérois ou en ville, pas de massacres de villageois. Rien à signaler. Il s'arrête à la page *L'horoscope et les jeux*. Il lit à voix haute : "Bélier : Utilisez votre énergie pour des choses utiles et laissez le reste de côté. On s'inquiète à votre sujet. Ne vous repliez pas ainsi sur vous-même." Il dit : "C'est mon signe…" "Et tu crois à ça ? toi ?" "J'y crois pas, mais là, c'est la vérité, enfin en partie. C'est quoi ton signe ? Sagittaire, je lis, c'est important, tu me crois pas ? Bon, je lis : "On ne peut pas dire que vous ayez une nature calme et paisible. Vous allez en ce moment dans tous les sens et ne savez en réalité où donner de la tête." Alors, c'est vrai, oui ou non ?" "C'est un peu vrai", dit Amel, ne sachant pas si Omer plaisante ou non. En sortant du métro

Strasbourg-Saint-Denis, Amel a pris un carton distribué par un Africain. Elle le donne à Omer : "Si tu y crois tu sauras tout, regarde : MONSIEUR KABA, Grand médium, Grand voyant… Authentique marabout africain… Protection contre les ennemis… N'ayez aucune gêne à prendre contact avec le cabinet de Monsieur Kaba." Si tu veux l'adresse, c'est dans le XVIIIe arrondissement, rue des Poissonniers, nous on est rue du Faubourg-Poissonnière, sous le signe du poisson, aujourd'hui. C'est un beau symbole le poisson, tu sais ? Tu peux consulter à la radio, des émissions spéciales voyance plus jamais de mauvaises surprises…" Omer interrompt Amel : "En Algérie, les voyantes, on les appelle des sorcières, elles sont persécutées par les islamistes, ils en ont égorgé plusieurs. Ils interdisent l'alcool, le tabac, les jeux, la musique, les journaux et la voyance. Pour eux, pour d'autres aussi, Dieu est le seul maître du destin des hommes, ses créatures. Tout individu qui prétend lire l'avenir doit être châtié. Pas de liberté. Tout est prévu. Pas de choix de vie possible. C'est peut-être plus facile."

La patronne est une blonde plantureuse. Soixante-cinq ans environ. Elle tient la caisse, sert au comptoir, bavarde avec les clients. Amel lui demande : "Vous étiez déjà là il y a trente-cinq ans en 1961 ?" La patronne éclate de rire : "Alors là… j'étais loin, très loin à ce moment-là, et je pensais pas que je tiendrais un bistrot un jour. On fait pas ce qu'on veut dans la vie, vous savez… Moi je crois au destin. Je suis arrivée en France, à Marseille, j'avais plus rien. En 1962.

On a été chassés, vous devez savoir, les Algériens nous ont mis dehors, ils nous ont tout pris, la villa, le commerce… les indemnités on les a eues au compte-gouttes. J'étais jeune, j'avais pas d'enfants, mon mari était un homme courageux, grâce à Dieu, il a pas fait cette sale guerre, il s'est débrouillé, on a repris un commerce à Marseille et après à Paris. On était pas dans la limonade, mais ça a marché. Le Gymnase, on l'a acheté il y a dix ans. Mon mari est mort, un accident de voiture, il y a trois ans. J'ai pas voulu prendre un gérant, je préfère être là… Mais, vous, pourquoi vous me posez cette question ? 1961. Qu'est-ce qui s'est passé ? Nous là-bas, on préparait nos bagages. On savait qu'on pourrait pas rester, ils nous aimaient pas, et nous non plus, on les aimait pas. Bien sûr, dans un café on sert tous les clients et à Marseille, le quartier de la porte d'Aix, c'était que des Arabes, on les servait, mais ceux-là, ils nous voulaient pas de mal, eux aussi ils étaient pas chez eux… après tout. Moi je suis Française depuis toujours, mais je suis jamais venue en France, ma famille, c'était Malte et l'Espagne, alors vous pensez, la France, c'était loin. Maintenant, je m'entends bien avec les Arabes. Mon cuisinier, c'est un Arabe. Pas vrai, Mourad ?" Un Algérien passe près du comptoir, en veste et tablier blancs, grand, mince, bel homme, les cheveux frisés poivre et sel. Il essuie ses mains à son tablier, se dirige vers la caisse, sourit à la patronne. "Dis-leur, Mourad, qu'on s'entend bien, toi un Arabe, moi une Française, je te paie comme un Français, tu manges à ma table, tu travailles bien…

Tu étais peut-être garçon de café en 1961 ? Très jeune bien sûr. Quel âge, seize ans, dix-sept ans ? Garçon non, tu étais pas majeur. 1961, tu étais à Paris ?" Le cuisinier regarde la patronne, puis Omer, et Amel à qui il s'adresse : "C'est vous qui demandez pour 1961 ?" "Oui, je voudrais savoir, le 17 octobre 1961, boulevard Bonne-Nouvelle et boulevard Poissonnière sur le trottoir du Rex, le cinéma… on le voit d'ici, le Rex et à côté un Quick, et là en face, un McDo…" "Oh là là !… Tout ça, ça n'existait pas en 1961. Le Rex oui, Le Gymnase oui, le Théâtre du Gymnase, à côté, oui, mais le reste… J'étais jeune, seize ans, je crois et j'ai tout vu, enfin, tout… là où j'étais. J'ai rien oublié." Il ne regarde pas la patronne, il raconte :

"J'étais avec mon oncle, ce jour-là. C'était pas un militant, mais il voulait défiler à Paris avec les Algériens, pour la levée du couvre-feu. Il avait assisté à des règlements de compte, dans sa banlieue, entre des MNA et des FLN. Ça l'avait écœuré, c'est là qu'il a décidé que lui, la politique… Au lieu de s'unir, ils s'entretuent… Remarquez, c'est pareil aujourd'hui, le FFS[15] et le RCD[16], c'est des partis d'opposition, vous croyez qu'ils pourraient pas se mettre ensemble pour que l'Algérie ça change ? Les militaires, la police, ils sont de plus en plus forts, alors la démocratie chez nous… On est venus d'Argenteuil, avec d'autres qui travaillaient dans le bâtiment comme nous, un groupe avec les familles. Mon oncle était célibataire, à l'époque. On est à peine sortis du métro Bonne-Nouvelle que les flics, des Français de la police de Papon et des Arabes de Papon nous arrêtent. J'ai appris plus tard que le préfet de police de Paris, c'était Papon, le même fonctionnaire qui a signé la déportation des Juifs arrêtés en Gironde, le même qu'on a envoyé en mission extraordinaire à Constantine pendant la guerre d'Algérie... J'ai lu plein de bouquins sur cette guerre, j'étais trop jeune à l'époque, j'ai voulu savoir. J'allais dans une bibliothèque de mon quartier, la directrice était mariée avec un Algérien, c'est elle qui m'a donné les livres. Je suis cuisinier aujourd'hui, chez madame Yvonne, mais j'aurais pu travailler dans une bibliothèque... Je vais pas vous raconter ma vie... On sort du métro pour manifester, c'était plein de flics tout autour. Je sais pas pourquoi ça a mal tourné. Chez nous, personne n'a provoqué, je suis témoin, personne. Les hommes ont essayé de protéger les femmes et les enfants, ils recevaient des coups, une mêlée indescriptible. J'ai perdu mon oncle. J'ai couru jusqu'au Gymnase pour me protéger comme d'autres. J'ai filé dans la rue du Faubourg-Poissonnière, la police était occupée devant le Théâtre du Gymnase, devant le café, devant le cinéma Rex. J'entendais des flics qui disaient : «C'est comme des rats, il en sort, il en sort... C'est de la vermine, il faut les écraser, ces ratons, ils se croient chez eux, ils verront s'ils peuvent faire ce qu'ils veulent... Et ces putes, des Françaises, qu'est-ce qu'elles foutent, ici avec eux ?... Que des putes, elles veulent se faire niquer par des bougnoules, je vous dis, toutes des putes...» Ils frappaient en insultant les Algériens. Ils avaient la haine. Ils pensaient que des collègues avaient été blessés, comme on a voulu le faire croire à la radio. Des mensonges.

Quand je suis revenu vers les boulevards, j'ai pas vu des flics blessés sur les trottoirs et la chaussée, j'ai vu des compatriotes, plusieurs corps allongés devant Le Gymnase et le Rex. Des Algériens blessés par balles, pas seulement des coups. Et ceux qui regardaient du balcon d'un immeuble, ils ont pris des photos, c'est sûr, je les ai vus, au 6 du boulevard Poissonnière, des journalistes, ils peuvent témoigner eux aussi. Sur le béton, des chapeaux, des écharpes, des chaussures… Tout ça perdu, abandonné dans la panique. J'ai voulu témoigner, j'ai pas eu l'occasion et là, à ce comptoir, c'est à vous que je parle, pour la première fois, trente-cinq ans après. J'ai oublié, au cours des années. Il faut travailler, on travaille, on oublie. C'est l'affaire Papon qui a remué tout ça. Même à madame Yvonne j'ai rien dit…" La patronne a écouté le cuisinier jusqu'au bout, sans l'interrompre, les clients ont attendu pour être servis, ils sont restés au comptoir, attentifs à l'histoire de Mourad. La patronne a dit : "Et nous, là-bas on a rien su. C'est bizarre. Comment ça se fait ?" Mourad murmure : "Ça vous intéressait, les Algériens de Paris, vous les pieds-noirs ?" "Non, c'est vrai, on s'en foutait des Algériens de Paris, on avait assez d'Arabes autour comme ça. Ceux-là, ils nous faisaient peur, c'est sûr." Mourad tend un papier à Amel : "C'est son adresse, allez voir mon oncle, il habite toujours Argenteuil, il est marié, il a des enfants qui ont votre âge… Ils sauront eux aussi." La patronne dit : "Ça alors… J'ai jamais entendu parler de ça. Enfin. C'est vieux. On va pas pleurer… Tenez, je vous offre ce que vous voulez. Qu'est-ce que vous prenez ?"

Amel boit un Coca-Cola.

Omer boit un demi pression, une Leffe.

30 OCTOBRE 1961
L'ÉTUDIANT FRANÇAIS

Intérieur jour

J'étais à la station Solférino, ce jour-là, le 17 octobre 1961. Les Français n'avaient pas été invités par les organisateurs algériens de la Fédération de France du FLN à participer à la manifestation dans Paris. Par solidarité, certains auraient pu être présents. L'une des consignes du Réseau, c'était d'observer, d'être témoin, de ne pas participer directement. Des amis photographes ont risqué leur vie, ils ont pris des photos, Concorde, Solférino, pont de Neuilly, Nanterre. L'un d'eux, surtout, un ami de mes parents, Elie Kagan, a traversé Paris avec sa Vespa jusqu'à Nanterre où il savait que des Algériens avaient été tués. J'ai vu peu de photos de ce jour tragique. Les journalistes n'ont pas fait leur travail, dans l'ensemble.

Au lycée Jean-Baptiste-Say, avec des camarades de terminale, on a organisé une grève contre la guerre en Algérie. On n'a pas été renvoyés. Nos pères n'étaient pas ouvriers à l'usine Renault de Boulogne-Billancourt, ils étaient ingénieurs, directeurs de la production… Des cadres supérieurs. Le proviseur n'a pas osé nous faire passer en conseil de discipline.

J'avais un ami kabyle, il est venu avec moi, un 14 juillet, pour distribuer des feuilles du livre interdit : *La Question* que Jérôme Lindon avait publié aux Editions de Minuit. On avait tiré des sortes de tracts, des "bonnes feuilles", comme on dit dans l'édition, pour faire savoir que les militaires pratiquaient la torture en Algérie. C'est Henri Alleg qui a osé écrire ce livre. Il vivait en Algérie, je crois. On était en 1958 ou 1959... déjà j'oublie les dates... la mémoire est faible...

J'étais au courant, pour le 17 octobre 1961. J'avais lu des tracts du FLN, mon père en avait rapporté à la maison. J'avais dit que j'irais place de l'Etoile ou à la République. Ma mère a tenté de m'en dissuader, la violence lui fait peur, peut-être à cause des exodes successifs des Juifs ukrainiens... Sa famille a quitté l'Ukraine au début du siècle, pour s'installer en France, comme beaucoup de Russes, juifs ou pas juifs. Mon père a dit que la manifestation serait pacifique et familiale.

Quand je suis arrivé à Solférino, la station avait été désertée. Un homme était assis, tout seul, sur un banc, il était blessé à la tête. Le sang coulait. Il était hébété. Je l'ai aidé. J'ai repris le métro avec lui. Il ne voulait pas aller à l'hôpital. Il disait qu'il n'avait rien de grave. Je l'ai accompagné jusqu'à Argenteuil. Il avait mis ses habits du dimanche, une cravate, un gilet sous la veste. Sa chemise blanche était maculée de sang.

Chez moi, j'ai mis la radio. Tout était calme dans Paris. Comme si rien ne s'était passé. On annonçait

82

le prochain concert de Ray Charles, le 20 octobre au palais des Sports, à Paris. J'ai écouté Ray Charles et j'ai lu *Le Déserteur* de Maurienne, que j'avais acheté à la "librairie Maspéro", c'est comme ça qu'on appelle la librairie La Joie de lire qui appartient à l'éditeur François Maspéro, rue Saint-Séverin. Comme *La Question*, il a été publié aux Editions de Minuit. Je ne connais pas le nom de l'auteur-déserteur. Je le saurai un jour. C'est l'histoire d'un jeune appelé français qui refuse de se battre contre des révolutionnaires algériens. Il déserte.

FLORA

Flora téléphone à Nanterre.

Chez Noria, personne. Chez Lalla, personne. Elle téléphone à Louis. Depuis le film qu'ils ont regardé plusieurs fois ensemble, tous les trois, il ne les a pas revus, ni Amel ni Omer. Mina s'inquiète. Pas de nouvelles de son fils. Plus d'une semaine. Elle a téléphoné à Alger. Le père ne sait rien.

SAINT-MICHEL.
AMEL ET OMER

Ils bavardent au bord de la fontaine Saint-Michel.
L'épaule d'Omer cache en partie l'inscription sur la
plaque de marbre, au-dessous du griffon en bronze,
cracheur d'eau. On peut lire un texte incomplet :

"A LA MÉMOIRE
DES SOLDATS DES FORCES FRANÇAISES
DE L'INTÉRIEUR ET DES HABITANTS DES Vᵉ ET
ARRONDISSEMENTS QUI SUR CES LIEUX
LA MORT EN COMBATTANT"

Sur un rocher, saint Michel en guerrier ailé, l'épée
à la main, terrasse le dragon, un homme avec une
tête de diable.
Louis a filmé la fontaine.
Amel entend la voix de sa mère.

LA MÈRE

"J'ai oublié de te dire… Louis, quand on raconte, on oublie, tout vient dans le désordre, je ne peux plus dire exactement l'emploi du temps de ce soir-là, tu demanderas à Lalla, il faudra que tu remontes ton film dans l'ordre chronologique, si c'est possible, parce que je crois que la manifestation a eu lieu dans plusieurs endroits au même moment, Flora te dira ce qu'elle sait… J'ai oublié la fameuse fontaine Saint-Michel. Avant d'arriver, à pied, chez Flora… J'ai eu tellement peur, et ma mère aussi, même si elle le montrait pas. La fontaine, je l'ai vue, je t'ai déjà dit que Paris, que je voyais pour la première fois, je ne l'ai pas vu ce jour-là, mais la fontaine, oui, parce que j'ai pensé à notre fontaine du bidonville, un point d'eau minuscule, ridicule. Je l'ai trouvée majestueuse, même si j'ai à peine eu le temps de la regarder. La police a chargé… Plus tard, j'ai vu la police charger de la même manière, j'y étais pas, c'était Mai 68… J'ai tout suivi à la télévision. On était en HLM à l'époque, après la cité de transit. On regardait les images au «Journal», en famille. Mes frères aussi. Mai 68, c'était pas pour nous, les Arabes des HLM…

Et des Arabes, étudiants à l'université, on en voyait pas beaucoup. Ma mère faisait moins de couture à domicile, les femmes achetaient en grande surface, c'était moins cher la confection, pour elles, pour les enfants… Je te dis tout ça, si ça t'intéresse pas pour ton film, tu coupes, n'hésite pas. Donc ma mère a trouvé du travail à la faculté de Nanterre, comme chef d'équipe dans une société de nettoyage. A l'époque on disait pas encore «technicien de surface» pour celui qui fait le ménage en entreprise. Elle était sur le campus, le 22 mars 1968, quand Dany Cohn-Bendit a occupé, avec d'autres étudiants, la tour administrative ; ils ont appelé à la grève à Nanterre, à la Sorbonne… Nanterre a été occupée, ma mère n'a plus fait le ménage, la Sorbonne a été occupée et les manifestations, les barricades, on a tout vu à la télévision. Ils criaient : «CRS… SS…»… Ils ont coupé des platanes boulevard Saint-Michel, ces platanes qui nous ont protégées, ma mère et moi des coups de matraque des flics. Peut-être bien des CRS, je me souviens pas. Ils frappaient dans tous les sens, ils poursuivaient les Algériens dans les rues du quartier, la Huchette, Saint-Séverin, la Harpe, ils les embarquaient dans des cars. A un moment, j'ai cru que j'étais perdue, j'avais lâché la main de ma mère, je me suis mise à hurler, j'entendais ma mère qui criait mon nom, je la voyais pas, des hommes tombaient, des flics les battaient avec des nerfs de bœuf, d'où ils sortaient ces nerfs de bœuf ? J'ai su plus tard le nom de ces espèces de cravaches, c'est ma mère qui m'a dit : «En Algérie, on les achète sur les marchés», pour les bêtes ? pour faire avancer les ânes ? pour frapper les voyous ? J'ai jamais su. Ce jour-là, la police était armée de matraques, d'armes à feu et de nerfs de bœuf, c'était peut-être les «calots bleus» qui les avaient apportés d'Algérie, directement, les nerfs de bœuf ? Une main solide a pris la mienne, c'était ma mère. On a couru jusqu'à une librairie. La porte s'est entrouverte, on nous a tirées à l'intérieur. Ma mère s'est accroupie avec moi, au fond, derrière des piles de livres. Un jeune libraire m'a emmenée aux toilettes, j'avais eu tellement peur…"

La caméra s'arrête un moment sur une boutique vide, désaffectée, sur Saint-Séverin, à côté de l'hôtel de l'Europe dont les lettres sont creusées dans la pierre.

Au bord de la fontaine, sur l'eau, flottent des boîtes vides : Coca-Cola, Schweppes, bière, des papiers gras, des poches McDo. Sur la place, des motos et des motards, habillés comme des CRS. Amel et Omer marchent vers la rue de la Harpe, s'arrêtent à la pâtisserie du Sud tunisien, mangent un beignet froid, huileux, trop sucré, prennent la rue Saint-Séverin. Ils ne voient pas de librairie. Des touristes, des restaurants grecs, turcs, une odeur de méchoui, du broutard grillé. Ils arrivent place de la Sorbonne par la rue Champollion et s'asseyent à la terrasse de l'Escholier. Omer se tourne vers Amel : "Tu crois qu'on peut être malheureux, ici, dans cette ville, sur cette place, avec ces arbres, cette fin de journée, un été indien…" "Et la reine de Saba, surtout… S'il n'y avait pas *Aïsha*, reine de Saba, on serait pas heureux… Comment vivre sans Khaled… Tu l'entends ?" "Celui-là, je peux plus l'entendre, non je l'entends pas, un bouffon comme l'autre que vous idolâtrez, ce vieux toxico, Johnny…" "Encore «vous»… Jusqu'à quand ? J'ai des papiers français, d'accord, mais je suis pas tous les Français… Je peux aimer Khaled sans Johnny. Qu'est-ce que tu as contre Khaled, c'est une vedette internationale, il représente la chanson française dans le monde… C'est vrai…" "Alors c'est les Français qui sont des bouffons, ceux qui veulent être représentés par ce sourire «Y'a bon Banania». C'est un produit fabriqué pour les ploucs… voilà ce que c'est ton Khaled." "Tout le monde l'aime, moi aussi. Tu vas pas m'empêcher…" "Tu aimes qui tu veux et je suis pas obligé d'écouter ce con et sa reine de Saba. De la pacotille exotique, et ça plaît… Tu sais ce que je crois, c'est que Louis, son film, ce sera un four… Qui veut entendre parler de cette histoire, de ce jour du 17 octobre 1961 ? Qui ? Ni les Français, ni les Algériens, ni les immigrés, ni les nationaux… Alors… Tout ça pour rien. On préfère Khaled et ses fadaises… ou alors l'Algérie qui se déchire, l'Algérie qui saigne, l'Algérie dans le noir, dans la merde, après plus de trente ans d'indépendance… la belle revanche… Et c'est Khaled qui défend la démocratie, le pauvre Khaled menacé par les monstres intégristes… C'est grotesque. Voilà ce que je peux dire. Tu m'écoutes ?" Amel fait du bruit avec la paille de son Coca. "Tu m'écoutes. Si c'est encore Khaled, je me tire." "C'est Etienne Daho. Tu connais ?" "Non, celui-là je l'ai jamais entendu. C'est bien ?" "Moi, je l'aime. Et tu sais quoi ? J'ai appris que c'est un fils de harki… Tu te rends compte… Si ça se trouve, son père a été un "calot bleu". Il a toujours caché qu'il est algérien, enfin un Français de parents algériens, «Français musulmans» comme on dit pour les harkis." "Qui t'a dit ça ? C'est peut-être pas vrai." "Quelqu'un qui connaît son père et d'ailleurs, j'ai vérifié, Daho, c'est un nom algérien et si tu l'as vu à la télé, il a une gueule d'Arabe, il a pas réussi à se cacher malgré son look de dandy… Remarque, c'est ça qui me plaît qu'il soit arabe et qu'il chante pas comme un Arabe, tu comprends ?" "Je comprends, oui, je comprends aussi que tu es compliquée… un peu tordue non ?" "C'est quoi, tordue ? C'est une insulte ?" "Pas vraiment. Moi aussi, je suis tordu…"

Amel aspire la dernière goutte de Coca avec sa paille. Omer se lève.

Amel dit : "On va où ?"

Omer : "Tu verras."

Quelques jours plus tard, Louis filme sur le quai Saint-Michel, les lettres rouges :

> "ICI DES ALGÉRIENS SONT TOMBÉS
> POUR L'INDÉPENDANCE DE L'ALGÉRIE
> LE 17 OCTOBRE 1961"

17 OCTOBRE 1961
LE LIBRAIRE DE LA RUE SAINT-SÉVERIN

Extérieur nuit

Des camarades nous ont avertis. Ils savaient que les Algériens manifesteraient en famille aujourd'hui, dans Paris. Ils disaient que c'était important, après tout ce qui s'était passé ces derniers temps : rafles dans les bidonvilles, descentes dans les cafés arabes, arrestations arbitraires, détention dans des camps, mobilisation de la police parisienne, CRS, gardes mobiles, "calots bleus", un préfet de police qui avait envoyé des Juifs à la mort… On savait aussi que des règlements de compte politiques avaient lieu dans les quartiers où vivaient des Algériens. François Maspéro n'a pas voulu fermer la librairie, sa librairie La Joie de lire, rue Saint-Séverin, où passaient les militants révolutionnaires, les étudiants du quartier, les intellectuels engagés dans des luttes politiques, solidaires des guerres de libération… la librairie, les clients l'appellent "la librairie Maspéro", c'est comme un salon littéraire et politique, on sait tout ce qui se passe, tout ce qui est important et ce jour-là on a pensé que les Algériens avaient raison de revendiquer la levée du couvre-feu. Les livres qu'on trouvait pas dans les autres librairies, les livres interdits, en particulier, ceux qui dénonçaient la guerre en Algérie, les massacres, la torture… ces livres on les avait, pas en rayon, mais si on nous les demandait, on les vendait.

On s'est dit qu'avec la pluie, la manifestation ne serait pas un succès. Les organisateurs attendaient des milliers d'Algériens de banlieue avec femmes et enfants. Les flics quadrillaient le quartier comme s'ils s'attendaient à une émeute. Des cars de police stationnaient autour de la fontaine Saint-Michel, dans les rues avoisinantes. On entendait les flics, ils parlaient fort : "Qu'est-ce qu'ils croient, ces bougnoules… Ils sont pas chez eux, ils viennent nous emmerder, la rue elle est pas à eux, ni la ville, la France c'est pas l'Algérie… Et ils viennent avec les fatmas en plus et la smala. Ils parlent de service d'ordre… Le service d'ordre, c'est nous… On en a pas assez descendu, des Fellouzes[17]… si on m'avait écouté, il en resterait plus beaucoup des FLN… là, on va voir ce qu'on va voir… L'Indochine, on pouvait gagner, on a perdu, l'Algérie, on va pas la perdre…"

J'ai vu, et je suis pas le seul témoin, mes collègues, Maspéro aussi, on a vu le déchaînement de haine et de violence, la cruauté de certains flics. Ils frappaient à coups de crosse, avec des matraques, des cravaches, ils frappaient les hommes, les femmes ils ne les ont pas épargnées, les vieillards, ils ont battu un vieux, son turban ne l'a pas protégé, il était dans le caniveau, en sang. Des Algériens ont couru jusqu'au quai, la Seine n'est pas loin, juste derrière ; certains se sont jetés dans le fleuve, d'autres ont basculé par-dessus le pont… La panique. Sûrement au pont Saint-Michel, la Seine était rouge. J'ai pas vu sa couleur. Avec Maspéro, on a secouru les blessés dans la librairie, on a accompagné des Algériens à la pharmacie… Je sais pas ce qui s'est passé dans d'autres quartiers de la Capitale, République, Opéra, Etoile… les Grands Boulevards… on le saura demain, dans les journaux, mais j'ai vu des corps autour de la fontaine, des blessés, des enfants perdus qui pleuraient… Le patron du cabaret oriental de la rue de la Huchette, Le Djezaïr, nous a aidés, d'autres Algériens et des Français du quartier aussi. La police a arrêté des centaines d'Algériens. Elle les embarquait dans des cars, pour aller où ?

LOUIS

Louis téléphone à Nanterre.

Noria répond : "C'est Louis ? Tu l'as vue, Amel ? Son père est furieux. Si Amel n'est pas là, si on a pas de nouvelles d'ici demain, il va au commissariat, pour un avis de recherche. On comprend pas. Lalla pleure toute la journée, elle attend près du téléphone, sa petite Amel… Voilà, sa petite Amel, voilà ce qu'elle nous fait… Je comprends pas, je comprends rien… Et toi, Louis ?" "On a regardé le film ensemble avec Omer, tu sais les porteurs de valises, la guerre d'Algérie, le 17 octobre 1961, il y a une semaine, à peu près, je sais plus exactement. Depuis, plus personne, ni Amel ni Omer…" "Elle est partie avec Omer ? Tu crois ?" "Je sais pas. C'est peut-être le film qui…" "Pourquoi le film ? Je vois pas pourquoi… J'appelle Flora, je veux savoir, et Mina, elle sait peut-être où ils sont tous les deux, Amel et Omer." "Appelle, tu verras bien… Si je la vois, je te dis. Salut."

ORLY.
AMEL ET OMER

Orly. Omer et Amel prennent un café au comptoir de la cafétéria. Amel déchire des brouillons de lettres. "J'arriverai jamais. Ils me croiront pas. Ils penseront que je suis folle, ils comprendront pas. Je veux pas expliquer… Je leur dirai, quand je reviendrai. On pourra parler enfin. Je dirai que «le jour dit» est arrivé, que je l'ai vécu, j'ai appris la vérité, pas toute la vérité, que ce jour n'a pas été un jour de malheur comme le prédisait Lalla… En attendant, qu'est-ce que j'écris ?" Amel s'applique. Au dos d'une carte postale de La Défense, elle écrit :

"Tout va bien. A bientôt. Votre Amel."

Amel lit et relit son billet d'avion : "Comment tu as fait ?" "Ça… c'est mon secret… T'inquiète pas, tout est en règle." Amel regarde les avions : "Mon grand-père a été expulsé, il a pris l'avion à Orly avec d'autres Algériens, plusieurs centaines, paraît-il, le 19 octobre 1961…" "Je sais, dit Omer. Nous aussi on prend l'avion, tout à l'heure."

On entend la voix de la mère.

LA MÈRE

"Mon père n'était pas à la maison. Mes frères oui. Ils avaient échappé à la police grâce à des camarades de mon père, des Français, ils manifestaient pas, mais ils étaient sur les trottoirs, en observateurs, Flora te racontera. Ma mère a attendu toute la nuit ; le lendemain, elle est allée voir des responsables, beaucoup avaient été arrêtés. On lui a dit que son mari devait se trouver dans l'un des centres de détention où la police avait parqué les Algériens arrêtés, plus de dix mille… On lui a parlé du palais des Sports. Moi j'étais chez Flora. Je voulais être avec ma mère, ma mère a dit non. J'ai su pour le palais des Sports, elle a raconté à Flora, j'étais là, j'ai tout entendu. Les hommes étaient entassés, parqués, des centaines, battus, blessés, matraqués… Ils devaient vider leurs poches au même endroit : portefeuilles, paquets de cigarettes, boîtes d'allumettes, peignes, montres, mouchoirs, tickets de métro, tickets de bus, boîtes de tabac à chiquer… Un tas de plus de un mètre de haut. Pas de toilettes… Ils sont restés jusqu'à l'expulsion. Mon père faisait partie des refoulés.

On les a conduits à Orly. Ils n'avaient pu avertir personne, pas un proche, pas un ami. Ce 19 octobre 1961, un cortège d'Algériens «indésirables sur le sol français» prenaient deux super-constellation d'Air France, surveillés par des CRS. Ils rejoignaient «leurs douars d'origine», c'était des camps de détention. Ma mère a appris, quelques jours plus tard, par des camarades de Flora, que mon père se trouvait dans un camp près de Médéa, dans une ferme. Il est resté là jusqu'au cessez-le-feu. Entretemps, on a évacué le palais des Sports, on l'a désinfecté pour le concert de Ray Charles, le 20 octobre 1961. Le concert a eu lieu.

Le 20 octobre, avec Flora, ma mère a décidé de participer à la manifestation des femmes algériennes, à l'appel de la Fédération de France, aux cris de «Libération de nos époux et de nos enfants», «A bas le couvre-feu raciste», «Indépendance totale de l'Algérie». J'étais avec elles à Paris. On a marché jusqu'à l'hôpital Sainte-Anne, je savais pas que c'était un hôpital psychiatrique, pourquoi les femmes et les enfants se sont retrouvés là ? Peut-être parce que c'est pas loin de La Santé, la prison où des Algériens étaient enfermés… Tu demanderas à Flora ou à ma mère. On était plusieurs centaines, des femmes, des enfants, les flics étaient armés. Des infirmiers et des infirmières nous ont aidés. On s'est sauvés par la porte de derrière. Là j'ai pas eu peur.

Plus tard, on a appris que des Algériens avaient été tués ; on le savait déjà, à Nanterre, on a pas attendu les informations officielles. La Brigade fluviale a repêché des dizaines de corps, on n'a jamais su exactement le nombre de disparus.

On a attendu mon père. Je voulais plus aller à l'école. Je voulais pas quitter ma mère. On guettait le facteur. Quand ma mère a reçu la première lettre, elle m'a dit : «Ton père va bien. Il t'embrasse. Il dit que tu dois être sage. Il revient bientôt.» J'ai compris. Le lendemain je suis retournée à l'école."

OCTOBRE 1961
LE FLIC DE CLICHY

Extérieur jour

Je suis pas le seul, on a été plusieurs à témoigner, pas beaucoup, c'est sûr, mais on l'a fait. On a dit que les Algériens, ce jour-là, le 17 octobre 1961, ils étaient pas venus à Paris pour tout casser, c'était une manifestation pacifique. Ils ont pas tiré sur nous, ils étaient pas armés, peut-être le service d'ordre... Mais on a rien trouvé quand on les a fouillés et qu'ils ont vidé leurs poches. Moi, les Arabes, je les aime pas spécialement, d'ailleurs, je les connais pas. Je suis à Paris, ça fait pas longtemps, avant j'étais à Poitiers, par là-bas, des Arabes, on en voit pas. C'est mon frère, le plus jeune, il devait reprendre la ferme, il a été envoyé en Algérie. Il écrit des lettres, il parle pas des Arabes, il dit que tout va bien. Il veut pas inquiéter les vieux. Alors on sait pas. Je suis à Paris ça fait deux ans. J'ai pas travaillé avec des "calots bleus", ceux-là, il paraît que c'est les pires, des féroces. J'ai entendu dire qu'ils travaillent dans les caves, ils font pas dans la dentelle. C'est des musulmans comme eux, pourtant. Ils leur font "le méchoui", qu'on appelle, je l'ai pas vu, des collègues m'ont raconté : on attache le type, les pieds et les mains à un bâton, comme un chevreuil ou un mouton, on le fait tourner et on le frappe à coups de cravache ou de nerf de bœuf…

J'ai pas vu ça, mais j'ai vu, j'étais là, j'ai pas rêvé, y a d'autres témoins, j'ai vu des policiers tirer sur des Algériens et les jeter par-dessus le pont dans la Seine, je les ai vus, ils étaient à plusieurs. Je pouvais pas intervenir, j'étais trop loin, ça s'est passé très vite. Des policiers ont du sang sur les mains, c'est sûr, du sang algérien, je suis formel. J'ai vu du sang sur le parapet du pont… c'était pas du sang de poulet… c'était du sang d'Arabe. La Seine, à cet endroit était rouge, je suis sûr, même si on voyait mal, il faisait nuit, il pleuvait. Je témoigne, je sais que je risque ma place, si je suis rétrogradé, limogé à Poitiers, tant mieux. Je suis prêt à témoigner autant qu'il le faudra. Ces collègues, je suis sûr qu'ils avaient fait l'Indochine ou quelque chose comme ça… Pour moi, ce jour-là, ils ont déshonoré la police parisienne. C'est ce que je pense et je suis pas le seul. Les journaux le diront, s'ils sont honnêtes.

Le 17 octobre 1961, c'est un jour noir pour la police française. On peut dire : Octobre noir… Parce que la Brigade fluviale, elle en a repêché des cadavres d'Algériens, et pas seulement à Paris. Combien ? On le saura un jour. Pas trois ou quatre, j'en suis sûr, des dizaines. On saura. C'est pas possible autrement. On saura. Dans quelques années, peut-être dix, vingt, trente ans… on saura. On finit toujours par savoir.

LOUIS

Louis téléphone à Flora. Il ne parle pas d'Amel. Il dit : "Je pars en Egypte. Je prends l'avion demain matin. Je sais pas combien de temps je reste là-bas. J'irai voir papa, je sais où il travaille, il est revenu là où il m'a emmené il y a quinze ans, je trouverai. J'emporte les romans sur Alexandrie, «le quatuor»… je sais qu'ils sont à toi, que tu y tiens, je ferai attention. Salut." Il raccroche. Flora n'a pas eu le temps de parler.

ALEXANDRIE.
AMEL ET OMER.
LOUIS

Ils sont assis à la terrasse d'un café. A Alexandrie.

Quelqu'un crie, de l'autre côté de la rue : "Omer ! Amel ! Omer ! Amel !" On entend l'appel à la prière. Louis traverse la rue en courant :

"Qu'est-ce que vous faites là ?" "Tu vois, on prend un café à Alexandrie, après on naviguera sur le Nil, jusqu'au bout du fleuve. Moi, j'écris une pièce pour Amel. Pas en grec ancien." "C'est quoi ?" "C'est l'histoire d'une fille qui creuse la tombe de ses frères la nuit, sur la colline, elle s'acharne, la terre est dure, des soldats surveillent les corps, des frères jumeaux, exécutés. L'armée a exposé les cadavres sur la place du village…" "C'est sinistre", dit Louis. "C'est sinistre, oui… Et toi, qu'est-ce que tu fais là ?" "Je voulais suivre les savants de Bonaparte… Finalement je vais repérer, en Egypte, dans le Sinaï, peut-être au Soudan… pour un film." "Et c'est qui ton héroïne ? Tu le sais déjà ?" "Oui, c'est Amel…"

NOTES

1. "*Les porteurs de valises*" : on a nommé ainsi des Français qui ont soutenu des militants algériens dans leur lutte pour l'indépendance de l'Algérie, en France. Ils appartenaient souvent au réseau clandestin de Francis Jeanson, le fondateur de ce mouvement de soutien.

2. "*Les harkis*" : supplétifs algériens de l'armée française. Unités formées à partir de groupes civils d'auto-défense. Une unité par secteur militaire en Algérie : la Kabylie, les Aurès, l'Ouarsenis (58 000 harkis sur 263 000 supplétifs musulmans de l'armée française). Les harkis métropoliltains : Force de police auxiliaire, créée par une ordonnance du 25 novembre 1959, sous la responsabilité du préfet de police de Paris, Maurice Papon. Corps de supplétifs algériens recrutés directement en Algérie, qui portent l'uniforme de drap bleu de la police parisienne et le calot bleu de l'armée.

3. FLN : Front de libération nationale algérien. Organisation politique qui se révèle le 1er novembre 1954, en Algérie, par une série d'attentats à travers le pays, contre des objectifs militaires et policiers, en particulier. Des civils trouveront aussi la mort au cours de ces attentats.

4. MNA : Mouvement national algérien. Organisation politique fondée par le nationaliste algérien Messali Hadj, en décembre 1954. De 1955 à 1962, le FLN et le MNA

s'affrontent pour la représentation du peuple algérien en Algérie, et en France dans l'immigration. Des milliers de morts, dans les deux pays.

5. Les SAS : Sections administratives spéciales, créées par la réforme municipale de 1956 ; elles représentent l'autorité civile auprès de 1 494 communes en Algérie, et comptent environ 1 200 officiers.

6. *Hittistes* : mot formé à partir du mot arabe *hit* qui signifie mur.

7. Les GIA : Groupes islamistes armés, dissidents du FIS : Front islamique du salut, légalisé par le gouvernement algérien en septembre 1989. Les GIA ont revendiqué un certain nombre d'assassinats de journalistes, d'écrivains, d'enseignants…

8. *L'Aïd* : *L'Aïd el-Adha*, la fête du sacrifice, appelée en français "la fête du mouton" et l'*Aïd el-Kebir*, la grande fête : célébrée le 10 du douzième mois du calendrier lunaire musulman. Chaque famille musulmane sacrifie un mouton ce jour-là, en commémoration du sacrifice d'Abraham. La tradition musulmane désigne Ismaël comme fils aîné d'Abraham et premier fils circoncis.

9. *Hallal* : ce qui est licite, pour un musulman, en particulier la viande des animaux abattus suivant le rite musulman, par un musulman. Il existe de nombreuses boucheries hallal, à Paris et dans plusieurs grandes villes françaises.

10. *L'Hégire* : exil du Prophète Mohamed, de La Mecque, en 622, à Médine, avec un groupe de fidèles. Menacé de mort pour sa prédication, le Prophète se réfugie à Médine, où il devient le chef religieux, politique et militaire de l'Islam. 622 constitue le point de départ de l'ère musulmane et du calendrier hégirien (1421 en l'an 2000).

11. *Moudjahidine* : résistants algériens qui se battaient contre l'armée française, pour l'indépendance de l'Algérie (1954-1962).

12. *Chéchia* : calotte de feutrine rouge que portent les hommes dans les pays du Maghreb.

13. *Houris* : les femmes toujours jeunes, toujours vierges promises aux bons musulmans, au paradis.

14. *Les Ninjas* : nom que donnent les Algériens aux commandos de choc dont les hommes portent une cagoule noire et une combinaison noire.

15. FFS : Front des forces socialistes. Parti politique fondé par Hocine Aït Ahmed, l'un des "historiques" de la guerre de libération algérienne. Parti d'opposition.

16. RCD : Rassemblement pour la culture et la démocratie. Parti d'opposition en Algérie dirigé par Saïd Saadi.

17. *Fellouzes* : mot péjoratif pour désigner les résistants algériens. Formé à partir de fellaghas.

TABLE

DU MÊME AUTEUR

ESSAIS

On tue les petites filles, Stock, 1978.
Le Pédophile et la Maman, Stock, 1980.

ROMANS

Fatima ou les Algériennes au square, Stock, 1981 ; Elyzad, 2010.
Shérazade, 17 ans, brune, frisée, les yeux verts, Stock, 1982.
Parle mon fils, parle à ta mère, Stock, 1984 ; Thierry Magnier, 2005.
Les Carnets de Shérazade, Stock, 1985.
J. H. cherche âme sœur, Stock, 1987.
Le Fou de Shérazade, Stock, 1991.
Le Silence des rives, Stock, 1993, prix Kateb Yacine.
La Seine était rouge. Paris, octobre 1961 ; Thierry Magnier, 1999.
Marguerite, Eden, 2002 ; Babel J, 2007 ; Elyzad, 2014.
Le Chinois vert d'Afrique, Eden, 2002.
Les Femmes au bain, Bleu autour, 2006.
Mon cher fils, Elyzad, 2008.
La Confession d'un fou, Bleu autour, 2011.
La Fille du métro, Alain Gorius, 2014.

NOUVELLES

La Négresse à l'enfant, Syros Alternatives, 1990.
La Jeune Fille au balcon, Seuil, 1996 ; Points, 2001, prix Lecture
Jeune 1997.
Le Baiser, Hachette, 1997.
Soldats, Seuil, 1999 ; Points, 2004.
Sept filles, Thierry Magnier, 2003.
Zizou l'Algérien, ANEP, Algérie, 2005.
Isabelle l'Algérien (dessins de Sébastien Pignon), Al Manar, 2005.
L'Habit vert, Thierry Magnier, 2006.
Métro, instantanés, Le Rocher, 2007.
Le Ravin de la femme sauvage, Thierry Magnier, 2007.
Louisa, Bleu autour, 2007.
Le Vagabond, Bleu autour, 2007.

Le Peintre et son modèle, Al Manar, 2007.
La Blanche et la Noire, Bleu autour, 2008.
Noyant d'Allier, Bleu autour, 2008.
Une femme à sa fenêtre : nouvelles du grand livre du monde, Al Manar, 2010.
Écrivain public, Bleu autour, 2012.

RÉCITS AUTOBIOGRAPHIQUES
Lettres parisiennes, autopsie de l'exil (avec Nancy Huston), Barrault, 1986 ; J'ai lu, 1999.
Je ne parle pas la langue de mon père, Julliard, 2003.
Mes Algéries en France, Carnet de voyages, Bleu autour, 2004.
Journal de mes Algéries en France, Bleu autour, 2005.
L'arabe comme un chant secret, Bleu autour, 2007.
Voyage en Algéries autour de ma chambre, Bleu autour, 2008.
Le Pays de ma mère : voyage en France, Bleu autour, 2013.

Une bibliographie exhaustive est consultable sur le site Internet de l'auteur : http://clicnet.swarthmore.edu/leila_sebbar/.

BABEL

Extrait du catalogue

Ouvrage réalisé par l'atelier graphique Actes Sud. Reproduit et achevé
d'imprimer en juillet 2017 par Normandie Roto Impression s.a.s.
61250 Lonrai sur papier fabriqué à partir de bois provenant de forêts
générées durablement (www.fsc.org), pour le compte des éditions Actes
Sud, Le Méjan, Place Nina-Berberova 13200 Arles.
Dépôt légal 1re édition : octobre 2009.
N° d'impression : 1703106
(Imprimé en France)